MARVEL

HOMEM DE FERRO

A MANOPLA

EOIN COLFER

MARVEL

HOMEM DE FERRO

A MANOPLA

São Paulo
2020
EXCELSIOR
BOOK ONE

Primeira edição Marvel Press: outubro de 2016

EXCELSIOR – BOOK ONE
TRADUÇÃO **Cristina Tognelli**
PREPARAÇÃO **Tássia Carvalho**
REVISÃO **Aline Graça, Guilherme Summa e Tainá Fabrin**
ARTE, ADAPTAÇÃO DE CAPA E
DIAGRAMAÇÃO **Francine C. Silva**

Dados Internacionais de Catalogação na Publicação (CIP)
Angélica Ilacqua CRB-8/7057

C658h Colfer, Eoin

Homem de Ferro: a manopla/Eoin Colfer; tradução de Cristina Tognelli.
– São Paulo: Excelsior, 2020.

272 p.

ISBN: 978-65-80448-29-6

Título original: *Iron Man: The Gauntlet*

1. Homem de ferro (Personagens fictícios) 2. Super-heróis 3. Ficção norte-americana I. Título II. Tognelli, Cristina

20-1294 CDD 813.6

Para Seán, conforme prometido.

A modern-day warrior mean, mean stride
Today's Tom Sawyer mean, mean pride.[1]

— Rush

1 "Um guerreiro dos dias modernos significa um grande passo./O Tom Sawyer de hoje significa orgulho." (N.T.)

1

A GRANDE IDEIA

Los Angeles, anos 1980 – que não foram tão ruins quanto as pessoas pensam

Tony Stark, mastigando um chiclete após o outro, andava em círculos no assoalho lustrado de madeira do lado de fora do escritório do pai, com quem esperava reunir-se havia três horas.

Uma situação ridícula.

Forçar o único filho a tal espera num dia ensolarado como aquele, na opinião do adolescente Tony, contrariava todas as regras do manual do bom pai. Ainda mais porque Tony estava prestes a mudar para sempre a cara das Indústrias Stark. Howard Stark havia vivido o tempo todo imaginando que nunca lhe apresentariam a *grande ideia* e que precisava pensar em tudo sozinho. Mas naquele momento Tony carregava essa grande ideia na mochila, e o bom e velho pai o fazia esperar enquanto almoçava com o governador com cara de bebê do Arkansas.

A secretária de Howard Stark, Annabel, continuava sentada atrás da muito bem polida escrivaninha de madeira, sem sequer lhe oferecer uma palavra de solidariedade, nem ao menos um copo de água. Na verdade, limitava-se a olhar Tony com um ar de tão feroz desaprovação que o rapaz sentia que seria capaz de estragar o seu caprichado penteado.

– O que é isso, Annabel! – disse o jovem. – Pega leve no olhar. Você está derretendo a minha cabeça.

Annabel não pegou leve. Na verdade, intensificou ainda mais o olhar e acrescentou à expressão uma curva descendente dos lábios.

Tony sentiu que poderia combater aquele antagonismo evidente.

– É por causa da Cissy? Está assim por isso?

Annabel quebrou um lápis ao meio com os punhos cerrados.

– O nome da minha filha é Cecília, não Cissy.

– Olha só, ela me disse Cissy, e nunca discordaria de uma garota tão bonita. Me disse Cissy, e com Cissy segui em frente.

Annabel pegou a deixa.

– É, de fato seguiu mesmo em frente... para a praia, no meio da noite.

– Eram nove e meia! – exclamou Tony. – E eu queria mostrar a Cis... a *Cecília* o golfinho que nada na enseada. Só isso. Mais nada. Nem mesmo o bicho apareceu.

– Talvez até seja verdade – Annabel admitiu –, mas você tem uma reputação, Tony. Todas as mães em Malibu registram o seu nome numa lista de vigilância.

– Ah, para com isso – Tony objetou. – Tenho catorze anos. Sou inofensivo.

Annabel efetivamente bufou, uma novidade em se tratando da reservada secretária.

– Inofensivo? Garotos como você nunca são inofensivos. Você é o oposto de inofensivo.

– Então seria perigoso – disse Tony, que nunca aprendera a arte de manter a boca fechada, mesmo enquanto mascava chiclete.

– Isso mesmo – concordou Annabel. – E talvez ainda não tenha provocado nenhum dano. Mas provocará.

Tony ficou um tanto chocado.

Talvez tivesse ido àquela recepção do escritório mais de mil vezes, e as palavras de Annabel sempre se resumiram a "Bom dia, senhor Stark" ou "Avisarei ao seu pai que está aqui, senhor Stark".

E naquele dia dirigia a ele um olhar fuzilante e insultos. Seria possível que Annabel tivesse razão? Seria possível que ele, Tony Stark, garoto genial e sempre charmoso, fosse, de algum modo, perigoso?

Todas as mães em Malibu registravam o nome dele numa lista?

Contudo, eliminariam o nome da lista se soubessem o que ele carregava na mochila.

– Cecília é uma mocinha maravilhosa – disse Tony, tentando fazer seu charme funcionar. – Eu jamais lhe faria mal algum.

Annabel ajeitou na escrivaninha alguns papéis que já pareciam bem arrumados.

– Em primeiro lugar – disse ela –, não chame a minha filha de *mocinha*. Estamos na Califórnia do século XX, não no Velho Oeste. Segundo, talvez não lhe faça mal, mas também não ligará para ela. Garotos como você agem de maneira cruel, não é, senhor Tony?

O rapaz semicerrou os olhos, desconfiado. Quando Annabel o chamava de senhor Tony, não parecia que dizia apenas *senhor Tony*. O som vinha com o mesmo significado de quando a mãe o chamava de Anthony, que equivalia a qualquer coisa pela qual o pai o chamasse, como se cada variação do seu nome incorporasse uma espécie de acusação.

Tony!

Anthony!

Senhor Stark!

Todas desaprovadoras.

Ele conseguia ouvir a voz do pai naquele instante.

– *Tony! Tire a cabeça das nuvens.*

Na verdade, *conseguia* mesmo ouvir a voz de Howard Stark, que, depois do almoço de três horas, passava a todo vapor pela recepção, no rosto a carranca costumeira.

– Tony, vamos. É melhor que seja uma coisa boa, porque não disponho do dia inteiro.

Tony ajeitou a mochila nas costas.

– É boa, pai, de verdade – retrucou, pensando: *Ele vai me transformar em sócio quando vir isto.*

– É melhor que seja – disse Howard Stark, empurrando as portas duplas para entrar na sala. – Annabel, segure as ligações – ele ordenou por cima do ombro e depois acrescentou: – Três minutos. Não demore mais do que isso.

Tony engoliu em seco. Arrumar o equipamento exigiria dois minutos, o que limitaria a exposição a apenas um minuto.

Aprumou os ombros.

Você só precisa de um minuto, gênio, ele pensou, e seguiu o pai até o escritório, ou, como os funcionários das Indústrias Stark diziam, à Toca do Leão.

Howard Stark não admirava a arquitetura californiana. Janelas do teto ao chão não eram para ele. Em sua opinião, olhar mais para fora significava olhar menos para dentro, explicação que, durante anos, Tony considerou um tanto óbvia, até perceber que, ao dizer "olhar para dentro", o pai se referia a *pensar* ou a *inventar*.

Dito isso, seu pai estava praticando o olhar para fora naquele momento, encarando o filho como se fosse um alienígena que acabara de passar por um buraco de minhoca.

– Que diabos é isso? – perguntou por fim, apontando de modo vago para a cabeça do filho.

– Minha cabeça, pai – Tony respondeu. – E esse interrogatório não faz parte dos meus três minutos.

– Não me refiro à sua cabeça, Tony. A coisa sobre ela. Está usando peruca?

– *Peruca?* – Tony repetiu ofendido. – Pare com isso, pai. Talvez um pouco de gel, mas não uma peruca. É moda. Já ouviu falar de uma banda inglesa chamada Duran Duran?

– Não, não ouvi – respondeu Howard Stark, acomodando-se na poltrona de couro. – A música moderna é apenas a música antiga emburrecida para uma geração burra, apesar de aquele jovem governador tocar saxofone muito bem, pelo que dizem. O sujeito será presidente um dia, escute o que estou dizendo.

Quando outras pessoas recorriam à frase "escute o que estou dizendo", significava apenas uma vaga previsão que nem sequer merecia ser levada a sério. Quando Howard Stark dizia tais palavras, significava que pretendia utilizar sua fortuna e sua influência para que qualquer evento por ele determinado acontecesse, e você poderia apostar seu último centavo que ocorreria mesmo.

O senhor Arkansas não faz ideia do que está prestes a atingi-lo, pensou Tony.

No entanto, Howard ainda não tinha concluído o sermão do penteado.

– Aposto como seu penteado demora, sei lá, pelo menos uma hora para ficar pronto, certo? Uma hora se olhando no espelho. Olhando *para fora*, Tony. Olhando para fora quando deveria estar olhando *para dentro*.

– *Tenho* olhado para dentro – Tony retrucou apressado, ansioso para acabar com o sermão do cabelo antes que os três minutos se esgotassem. – E inventei uma coisa.

A mensagem de Howard ao cruzar os braços e resmungar baixinho foi clara: *Só vou acreditar quando vir.*

Bem, você logo verá, meu velho, Tony pensou. *Prepare-se para vivenciar o admirável.*

E, enquanto tirava a mochila das costas, também pensou que, assim que se tornasse sócio, seria capaz de dizer esse tipo de coisa em voz alta.

Tony, depois de colocar a mochila na escrivaninha do pai, abriu o zíper do compartimento principal. Inseriu as mãos com cuidado, como se fosse apanhar um gatinho recém-nascido, mas elas surgiram segurando uma maquineta voadora com uma ponta bulbosa e dois pares de asas pensas e com rotores acoplados.

– Sei o que está pensando – disse ele. – Um aeromodelo. Grande coisa, e daí? Mas é muito mais do que um aeromodelo.

Tony se preparou para o desinteresse do pai. Mas não estava preparado para que o pai *não* se mostrasse desinteressado. Ou seja: interessado.

– Só um instante – disse Howard Stark, literalmente saltando da poltrona. – Espere só um instante, rapaz.

– E então, num gesto apressado, arrancou o avião das mãos de Tony. – Isto é... – disse ele, virando o aeromodelo nas mãos. – Não acredito. Você andou lendo os meus documentos? A bateria, as câmeras...

Tony tirou o aviãozinho das mãos do pai.

– Não, não andei lendo os seus documentos. Fiz tudo, pai. Cem por cento Tony. Eu o chamo de *Tanngrisnir*, o bode que puxava a carruagem de Thor. Não acredito nesse tipo de coisa, mas precisava de um nome, e sei que você gosta dos clássicos gregos.

– Nórdicos – Howard o corrigiu, distraído. – Thor é um deus nórdico, mas isso pouco importa agora. Como montou o aeromodelo?

Por um segundo, a costumeira tagarelice de Tony secou; afinal, parecia que o momento sonhado havia tanto tempo (isto é, impressionar o papai) finalmente chegara, e não queria estragá-lo.

Três minutos, disse a si mesmo. *Fale logo.*

– Combinei todos os sensores tradicionais para eficiência de peso. Magnetômetros, giroscópios e acelerômetros, tudo em apenas uma caixinha.

– Entendi – comentou Howard, pegando com gentileza o *Tanngrisnir* das mãos do filho. – Você fez tudo isso em casa?

– Sim, no meu quarto. – E não era uma tarefa tão difícil como parecia, pois, no quarto de Tony Stark, havia mais tecnologia do que na maioria das universidades. – O cérebro está embutido num computador minúsculo, que controlo com isto. – Tony tirou uma caixa cinza do bolso. – É o protótipo de uma coisa chamada Game Boy. Esse detalhe não interessa a você, pai.

Howard o surpreendeu.

– O joguinho revolucionário da Nintendo. E só será lançado daqui a uns dois anos. Como conseguiu?

– Tenho minhas fontes, pai – Tony respondeu misteriosamente. – Modifiquei o programa, incrementei a potência e, aqui vem a parte interessante, conectei-o a um satélite de comunicação, assim posso controlar o voo do TOT, ou *Tanngrisnir* do Tony, em metade do mundo, sem precisar recarregar a bateria. E tudo que o TOT vê eu vejo nesta telinha. O que acha?

Os traços da feição de Howard Stark se alinharam numa expressão jamais vista por Tony.

O que seria?

O que poderia ser?

Admiração.

Talvez viesse ainda um abraço? O primeiro depois de Tony ter completado dez anos.

– Estou impressionado – disse, por fim, Howard. – Você me poupou dezoito meses do nosso programa de drone só com essa combinação de sensores. Durante todo esse tempo, trabalhamos em paralelo, e eu nem sabia. Com certeza, uma ineficiência na gestão dos recursos. Preciso prestar mais atenção ao trabalho deles.

O rótulo de *recurso* a ser *gerenciado* não implicou de fato o abraço caloroso pelo qual Tony vinha ansiando, ainda que fosse preferível a ser completamente ignorado.

Howard Stark puxou os óculos do bolso do paletó e examinou o compartimento de carga.

– Só uma pergunta.

– Claro, pai, pode perguntar.

– Há um problema. Não vejo um encaixe para o míssil... Ou o próprio TOT é um míssil?

Tony franziu a testa.

– Míssil? Pai, não tem nenhum míssil. O *Tanngrisnir* é um sistema para entrega de medicamentos. Com o TOT, consigo lançar vacinas contra malária numa zona de combate sem que ocorram baixas. Consigo sobrevoar campos minados com uma microcarga de penicilina ou de plasma sanguíneo. Com mil TOTs, do meu quarto consigo evitar a fome. – Tony ativou o Game Boy, e o aeromodelo saiu voando das mãos de Howard. – É fácil manobrá-lo, porque usei rotores e asas. O TOT pode fazer qualquer coisa, pai. Ele é a nossa oportunidade de nos afastarmos dos armamentos. É a chance de as Indústrias Stark fazerem algo de bom.

A expressão de Howard endureceu, e Tony soube que havia estragado tudo.

– *Algo de bom?* Você falou algo de bom? Quer dizer que manter este país seguro não é bom?

– Não, pai, não foi isso o que quis dizer.

– A única razão de você evitar a fome acomodado em seu próprio quarto é o fato de eu manter o seu quarto e este país inteiro seguros.

Nesse momento, o tão esperado abraço pareceu muito distante.

– Sei disso, pai. Conheço seu trabalho.

– E mesmo assim você entra aqui e sugere, como quem não quer nada, que está na hora de as Indústrias Stark fazerem algo de *bom*.

Tony sentiu o coração apertado. Estivera bem perto de derrubar as barreiras do pai. Mas, com algumas poucas e erradas palavras, acabara fortalecendo-as ainda mais.

– Pai, escuta...

Mas o pai não se sentia disposto a ouvir. Na verdade, parecia bastante perto de começar mais um sermão.

– Tony, você não consegue entender que...

Estamos em guerra, Tony pensou, com o coração ainda mais apertado.

– ... estamos em guerra – disse Howard Stark, bem na hora. – E o fato de você não enxergar o inimigo não significa que ele não esteja logo ali.

E aposto como eu e os meus amigos hippies estamos cegos diante desse perigo.

Howard Stark já estava no piloto automático.

– Mas, claro, você e os seus amigos hippies não fazem a mínima ideia do que está acontecendo.

Tony, tentando intervir, disse:

– Pai, ninguém mais usa a palavra *hippie*.

Howard se aproximou do filho como um trem a vapor.

– Não, não. Você prefere esbanjar a liberdade que lhe forneci encontrando modos de me enfraquecer. E então aparece aqui com esse artefato para salvar as Indústrias Stark.

Tony aterrissou o TOT na escrivaninha do pai.

– Deixa pra lá. É só um brinquedo. Não tem importância.

De maneira surpreendente, as palavras de Tony despertaram a atenção do homem.

– *Um brinquedo?* Apenas um brinquedo... – Howard estendeu a mão. – Cuspa – ordenou.

Talvez seja um código para alguma coisa, Tony pensou.

– Cuspa – Howard repetiu. – O chiclete. Agora.

O que Tony faria senão obedecer? Cuspiu o chiclete na palma da mão do pai.

– Você disse que é um brinquedo – Howard murmurou, as mãos ocupadas com o TOT. – Vamos ver o que os nossos inimigos são capazes de fazer com um brinquedo.

– Pai, já entendi, está bem? Não precisa perder a cabeça.

Howard gargalhou.

– *Perder a cabeça*, Tony? Ninguém mais diz isso. – E depois vasculhou a escrivaninha até encontrar o que procurava, grudando-o na base do TOT com a bola de chiclete. – Agora, vejamos, vejamos... – Howard disse, quase febril, prestes a fazer uma demonstração. – Agora, vamos ver, vamos ver – O pai de Tony foi até a pequena janela à prova de balas, abriu-a e espiou o estacionamento. – Sim, ali está. O meu DeLorean. Amo aquela monstruosidade, Tony, simplesmente amo. Mas que tal mandá-lo de volta para o futuro? Por que não?

E arremessou o TOT pela janela. Um ano inteiro de trabalho atirado pela janela.

– Pai! – Tony gritou, correndo para olhar. Mas o homem o conteve.

– Melhor começar a voar, filho. Tique-taque.

Agarrando o Game Boy, Tony conseguiu controlar o TOT um segundo antes de despencar no asfalto do estacionamento. Mesmo doze andares acima, conseguiram ouvir os motores da aeronave protestarem contra a manobra desajeitada.

– Muito bem – elogiou Howard, e uma parte de Tony apreciou o raro elogio naquele momento carregado de emoções. – Controlou a coisa apesar da pressão. E haverá muita pressão quando estiver tentando combater a fome e coisas do tipo. Mas impedi-lo de cair será a menor das suas preocupações. Priorize a *missão* e, neste caso, ela é o meu DeLorean. Todos naquele carro foram infectados com um vírus letal, e em seu aviãozinho há o antídoto. Uma missão contra o tempo, Tony. Você precisa aterrissar o TOT no teto do meu DeLorean em trinta segundos, ou todos ali dentro morrerão.

Tony não tinha certeza do que estava acontecendo. Seria um teste de verdade ou apenas uma lição? De todo modo, ele não desistiria diante da primeira barreira. Ou da segunda, considerando a habilidade e a perfeição com que recuperara o comando do TOT em queda.

Aterrissar no DeLorean, ele pensou. *Tudo bem, pai.*

Tony sabia exatamente onde o DeLorean DMC-12, com as inconfundíveis portas de asas de gaivota, estava estacionado: no lugar destinado aos executivos, distante dos carros da ralé. Rapidamente apontou o TOT para aquela direção, abaixou a ponta para vinte graus, querendo uma visão melhor pela câmera, e fez uma aproximação em looping a 6 metros do asfalto.

– Melhor não arranhar o carro, filho – Howard sussurrou. – É o meu favorito.

Isso significava alguma coisa. Apesar da obsessão de Howard Stark por carros, John DeLorean era o único engenheiro automotivo que ele admirava. E se Howard Stark admirava uma pessoa, então ela estava fazendo tudo certo.

Mas o que significou aquela conversa de mandá-lo de volta ao futuro? E o que papai grudou no TOT? O peso parece diferente.

Concluiu que era mais um teste.

Papai, ao desequilibrar o TOT, acabou aumentando a pressão.

Sucesso na certa.

Tony praticara por semanas com o Game Boy, querendo se preparar para exatamente esse tipo de batismo de fogo, e assim confiava muito nas suas habilidades como piloto.

Eu seria capaz de aterrissar aquele bebê numa carta de baralho, pensou. *Acomodá-lo no teto de um carro esportivo luxuoso não será problema.*

Tony foi esperto o bastante para não rir. Se existia algo que o pai detestava mais do que o penteado do filho, era sua petulância irreprimível.

Vou rir mais tarde, Tony decidiu. *E talvez dê um soco no ar. Pode até ser que ligue para a Cissy.*

Celebraria mais tarde. Naquele momento, precisava aterrissar.

O tamanho do DeLorean aumentou na tela; Tony deu uma olhadela rápida nos leitores dos sensores para se certificar de que o vento não atrapalharia o TOT, mas as condições climáticas estavam perfeitas. Até mesmo o sol colaborava mantendo-se fora da tela.

Três metros, Tony pensou, a aeronave firme. *Um e meio.*

E então, um pensamento muito louco passou pela cabeça dele, algo que os pensamentos loucos fazem com frequência.

Eu deveria ir derrapando.

Porém, o bom senso prevaleceu, e Tony optou por uma suave e habilidosa aterrissagem vertical. Uma aterrissagem clássica, sem qualquer petulância.

Ou, pelo menos, *pretendia* ser uma suave e habilidosa aterrissagem vertical, mas num instante, antes que as armações de alumínio oscilassem sobre o DeLorean, Howard Stark fechou a mão sobre as do único filho.

– Pai, não! – Tony objetou, tentando se afastar, mas os dedos fortes o mantiveram no lugar.

– Assista e observe – disse Howard Stark.

Tony, incapaz de reagir, limitou-se a obedecer, e viu quando a ponta do TOT mergulhou, arranhando a pintura do DeLorean.

– Você está fazendo isso, não eu!

– Não se preocupe – retrucou Howard Stark. – É só um brinquedo, lembra?

Enfim, Tony conseguiu tirar os dedos debaixo dos do pai, soltando o Game Boy. Correu para a janela bem a tempo de ver o seu precioso TOT despencar pelo para-brisa do ainda mais precioso DeLorean do pai.

Estremeceu, mas não estava tão preocupado. Afinal, daquela distância, que estrago uma engenhoca peso-pena poderia causar? Mesmo com goma de mascar grudada nas portas do compartimento de carga.

No fim, a resposta foi um grande estrago.

Como na maioria das explosões, ela terminou antes que o cérebro tivesse a oportunidade de processar o que acontecera. Mas, quando Tony repassou mentalmente o incidente, em câmera lenta para vê-lo quadro a quadro, ele se lembrou de um brilho intenso, seguido de uma bola de fogo do tamanho de um melão, do qual o para-brisa do DeLorean pareceu se retrair como uma membrana antes de se estilhaçar em incontáveis pedaços (tecnicamente, não foram incontáveis, caso se queira ser bem preciso), e depois a capota inteira se dobrou como se pisoteada por uma bota de ferro invisível.

Naquele momento, Tony só conseguiu pensar: *Detesto melões*.

E continuaria a detestá-los pelo resto da vida, sem conscientemente identificar o motivo.

Em seguida, a onda de som atingiu o prédio, seguida pelo calor e pela cacofonia dos círculos concêntricos dos alarmes dos carros.

Pensando em grandes explosões, aquela não foi nada de especial, nem significativa. Com certeza, nem sequer fez Howard Stark ser chamado para explicar o ocorrido pessoalmente. Talvez grande o suficiente para que os seguranças se aproximassem avaliando a possibilidade de uma viatura aparecer, mas haveria apenas uma multa por poluição sonora como resultado da demonstração de Howard.

Pouco importa o motivo por trás de tal demonstração, pensou Tony. *A não ser pelo fato de que, de vez em quando, meu pai perde a cabeça.*

E isso não surpreenderia qualquer um dali do prédio.

Mas Tony se surpreendeu ao sentir a mão do pai no ombro.

– Você entende agora? Entende?

Não entendia, nem estava com vontade de irritar o pai com suposições aleatórias.

– Não entendo, pai. De verdade. Você derreteu minha máquina voadora e o seu carro preferido.

– Correto – disse Howard. – Porque uma imagem diz mais do que mil palavras, e a visão de uma explosão significa mil vezes mais.

– Ainda não estou entendendo. O TOT era um instrumento de paz.

– Exato – confirmou o pai, afastando Tony da janela e curvando-se para fitá-lo nos olhos. – Você levou um ano para construir aquele drone, e eu só precisei de dez segundos para armá-lo com um pouco de chiclete e uma minigranada, porque você me contou tudo o que eu precisava saber. Não revele seus segredos para ninguém, Tony, ou eles inevitavelmente se voltarão contra você, como eu fiz.

Mais tarde, Tony ficou se perguntando por que o pai guardava minigranadas na gaveta da escrivaninha, ou mesmo se seria legal.

– Por que você haveria de querer fazer isso?

– Porque é o que fazemos. Nós, os homens. Fazemos armas. Tudo o que construímos poderá se tornar uma arma, e somente um tolo ou uma criança não entende isso. Se você colocar o seu avião de misericórdia nas mãos dos nossos inimigos, eles voarão de volta para cá carregando outro tipo de carga. Consegue entender?

Apesar de desgostoso, Tony entendeu e manifestou seu desagrado.

– Você não tem que gostar – explicou o pai. – Basta que se lembre do que viu aqui e aceite que o mundo funciona assim. Não existem brinquedos no mundo; apenas armas não evoluídas. A arma sempre representará a nossa maior conquista.

Tony olhou uma vez mais pela janela, vislumbrando a coluna fina de fumaça escura saindo do motor do DeLorean.

– Nunca vou me esquecer do que me mostrou hoje aqui – Tony disse com sinceridade. Talvez os métodos do pai fossem um pouco exagerados, mas, com certeza, permitiam que se compreendesse o ponto de vista dele.

– Bom garoto, Tony – disse Howard Stark, entregando o Game Boy ao filho. – Algum dia você assumirá o comando desta empresa e será o responsável por manter este país seguro. Não conseguirá isso recorrendo a brinquedos. Entendeu? Prometa-me agora que continuará o meu trabalho quando chegar a hora.

Tony baixou o olhar para o controle de jogo na mão e, instintivamente, entendeu que um fornecedor de aparelhos de defesa em algum lugar já estava adaptando a tecnologia que ele criara. Talvez as Indústrias Stark.

– Prometo, pai – retrucou. – Nada de brinquedos; apenas armas.

E se tivesse de escolher um momento que marcasse o fim de sua infância, seria esse. Acompanhado bem de perto pelo fato de, duas semanas mais tarde, seus pais morrerem em um acidente de carro na Pacific Coast Highway.

Depois disso, Tony Stark nunca mais olhou para os brinquedos do mesmo modo. Durante anos, nem sequer prestou atenção a eles. E quando, por fim, voltou a brincar, avaliou os antigos blocos de construção e kits de física com frieza. Tony Stark trabalhou em seus brinquedos até que se tornassem alguma coisa muito mais perigosa do que eram na infância.

Construiu novos brinquedos que podiam voar, carregados de munição e explosivos. Na verdade, não eram mais brinquedos; eram armamentos.

2
PROTÓTONY
Seis metros acima do Mar da Irlanda, dias atuais

Tony Stark sonhava que estava voando. Não apenas um voo comum ou uma fantasia, mas um voo especial acima dos picos havaianos vulcânicos, na companhia de uma mulher muito especial, muito linda: Anna Wei. Ágil, forte e esplêndida, ela era a única outra cientista que já considerara equivalente a ele, e uma em apenas um punhado de pessoas que Tony amara. E, assim como todas as outras pessoas que Tony amara, Anna morrera precocemente. Depois que a polícia encontrou e identificou o corpo, consideraram que a moça cometera suicídio. E, ainda que desacreditando, Tony não tivera escolha. Com o coração um pouco mais endurecido, ele resolvera nunca mais amar.

Então, Tony sonhava que estava voando, e o fato de que sonhava estar voando enquanto voava de verdade acrescentava uma dimensão extra à realidade. O sistema operacional anterior do Homem de Ferro um dia havia formulado a hipótese de que uma camada a mais de sonho poderia se provar inescapável. Em outras palavras, se Tony sonhasse que estava sonhando voar enquanto voava mesmo, então talvez jamais conseguisse acordar. A essa altura, Tony resolveu que o sistema operacional precisava ser reinicializado e talvez passar por uma verificação de vírus.

A inteligência artificial atual de voo de Tony era sua garota Friday, caracterizada por um espírito um pouco mais livre, conhecedora de piadas melhores e, de vez em quando, até capaz de rir de Tony.

Friday o despertou por meio de uma vibração suave que massageou a coluna dele, depois de detectar nas leituras biométricas que Tony logo sofreria um espasmo em decorrência de tantas horas voando, cruzando os Estados Unidos e o Oceano Atlântico.

Stark abriu os olhos, bocejou e, sentindo o queixo acomodado na amarração do capacete, se lembrou de que estava no traje.

– Bom dia, Friday.

A garota piscou para se materializar na forma holográfica de uma ruiva, transparente até em plena luz do dia por conta dos projetores multinódulos de Stark. Naquele instante, estava confinada no monitor do capacete, e Stark sabia que, caso se concentrasse nela por tempo demais, acabaria vomitando. Mas, mesmo pelo canto do olho, ele notou uma alteração.

– Mudou o cabelo?

Friday balançou os longos cachos ruivos mais curtos no dia anterior.

– Sim. Isto se parece mais comigo.

Ela mudara muitas das suas características nos últimos tempos. Essa coisa irlandesa, por exemplo. Fora programada californiana, mas se tornara celta recentemente.

E também sua estrutura facial havia se alterado de tal modo que parecia alguém com mais personalidade. Tony se sentia curioso em saber o que mais ela faria em seguida. Construíra Friday, mas, inteligente, a garota poderia escolher aparecer como bem quisesse.

– Em que parte do mundo estamos? – ele perguntou à inteligência artificial.

– A vinte minutos de distância, chefe. Seguindo para norte-nordeste a um quilômetro e meio do litoral irlandês.

– E os sistemas?

– Todas as leituras estão verdes, o que é apropriado, considerando onde estamos – respondeu Friday. – Dia procê!

– *Dia procê?* – Tony repetiu. – Friday, nunca pensei que você seria de estereótipos. O que virá depois disso? Uma caneca de *Guinness* e um pouco de *Riverdancing*?

– Só estou tentando seguir a maré, chefe – replicou Friday. – Resolvi que a Irlanda é o meu lar espiritual. E não creio que *Riverdancing* seja uma palavra real.

– Aumente a vibração lombar para quatro – pediu Tony. – E acrescente um alongamento, sim? Pareço revigorado, mas esses passeios transatlânticos detonam qualquer sujeito.

Friday cuidou da coluna de Tony até que estalasse.

– Talvez se você prestasse mais atenção às leis internacionais e não se aventurasse em tantos voos não autorizados, Tony, as suas costas ficassem em forma.

Stark ignorou o comentário.

– Não temos um traje de primeira classe do Homem de Ferro? Não construí algo com um minibar?

Friday gargalhou.

– Temos água reciclada e adesivos de cafeína, chefe. Só isso.

Tony fez uma careta.

– Água reciclada. Sei de onde ela vem e, sinceramente, isso me desanima. Mas, voltando ao assunto dos voos transatlânticos, existem muitas armas potentes nas mãos de gente ruim, e alguém precisa cuidar disso, certo? Se a S.H.I.E.L.D. não autoriza as minhas missões, então só me resta vestir o traje indetectável e dar conta do recado sozinho.

Tony relembrou uma recente reunião com a S.H.I.E.L.D., na qual Nick Fury deixou absolutamente claro que não daria seu carimbo de aprovação às missões secretas de Tony.

– Você deve ter perdido a sua cabeça de playboy se acha que vou pedir ao presidente que lhe dê sinal verde para as suas incursões de escoteiro – o líder da S.H.I.E.L.D. berrara no escritório do quartel-general da S.H.I.E.L.D. – Pensa que é Deus, Stark? Acha que pode compensar cinquenta anos da história das Indústrias Stark como fabricante de armamentos decidindo quem deve ou não ter acesso à tecnologia? O universo não funciona desse jeito, Stark. Já deveria saber disso. Afinal, é um gênio, certo? Você mesmo me disse isso inúmeras vezes.

E Tony retrucara:

– Sim, pai. – E isso, mais do que embaraçoso, fora humilhante.

– Você falou *pai*? – Fury perguntara, perversamente satisfeito. – Permita-me chamar o psiquiatra da S.H.I.E.L.D. Acho que talvez esteja sofrendo de algum transtorno de estresse pós-traumático dos gênios.

– Apenas fui sarcástico, Fury – Tony comentara, tentando esconder o deslize. – Porque você não é o meu pai. E não manda em mim.

– Está errado – replicou Fury, socando a mesa, reação, segundo Tony, um pouco exagerada. – *Mando* em você.

E caso se meta em confusão em uma das suas escapadinhas, não espere que a S.H.I.E.L.D. envie a cavalaria, porque, para início de conversa, eu lhe ordenei que não fosse.

Tony Stark saíra do escritório de Fury sabendo que não receberia reforços, e também que precisaria ser muito mais furtivo no futuro quando estivesse derrotando traficantes de armas, porque Nick Fury estaria à espera de qualquer deslize.

Felizmente, Tony pensou enquanto sobrevoava a superfície agitada do Mar da Irlanda, *uma das facetas da minha genialidade é, decididamente, a furtividade.*

– Friday – disse ele –, como está o meu iate?

Friday consultou a localização do iate cantarolando, um tique encantador que desenvolvera sozinha.

– O *Tanngrisnir* está ancorado a um quilômetro e meio da embocadura do pitoresco ancoradouro Dún Laoghaire, como foi programado – respondeu a IA do traje.

– *Done Leery* – repetiu Tony, testando o som da expressão. – Os irlandeses sabem mesmo como soletrar as palavras. Impossível haver letras diacríticas, certo?

– Atenção – disse Friday. – Você está se referindo às manifestações físicas do meu povo. Mais insultos desse tipo e talvez eu o mande nadar.

– Algum sinal no barco?

– Dois satélites da S.H.I.E.L.D. e três helicópteros de redes de televisão sobrevoando a área. A julgar pelas conversas, todos parecem satisfeitos por Tony Stark estar relaxando e se divertindo um pouco com Shoshona Biederbeck, a mais nova superstar do pop mundial.

– E por que não estariam satisfeitos? A história é totalmente crível: Tony Stark acompanhado de uma bela mulher.

Friday emitiu um som de pouca convicção, bem similar a uma nota de clarineta.

– O que, supostamente, isso quer dizer, Friday? – Tony perguntou. – Estamos começando a emitir esse tipo de som agora?

– Sou uma inteligência, chefe. Você quer opiniões francas, não é mesmo?

– Quero. Mas prefiro palavras de verdade... Você entende, verbos, substantivos e assim por diante, em vez de bipes e buzinas. Afinal, o que é você, R2-D2?

– Bem, se quer mesmo saber, Shoshona parece um pouco jovem. Deve ter no máximo uns vinte e cinco?

Tony riu.

– Está com ciúme de um robô, Friday?

– Não. Ciúme com certeza está fora dos parâmetros do meu programa. Estou preocupada com a viabilidade da sua história de fachada.

– Pra início de conversa, acho que já faz umas semanas que você anda fora dos parâmetros do seu programa e, em segundo lugar, eu me esforcei bastante para tornar a história da "bela jovem" realista. Mais alguma preocupação relativa a este assunto?

Friday emitiu mais um som de clarineta, e o mostrador do capacete ficou rosado por um segundo.

– Luz ambiente – disse Tony, extasiado. – Talvez devêssemos colocar um pouco de música disco. Vamos, Friday. Diga logo.

– Bem...

– Bem? Bem? Qual é o problema, Friday? O seu *patch* linguístico está se desintegrando?

– A questão é que conheço toda sua sensibilidade.

– Diga logo. Isso é uma ordem.

– Muito bem, chefe, mas, como me forçou, não fique bravo. – Friday inspirou fundo audivelmente, o que conseguiu ao dar descarga no sistema de ventilação do traje, um truquezinho de humanização que ela mesma desenvolvera. – É o Protótony.

– O que há de errado com o Protótony? – Stark perguntou. – Aquela coisa é uma maravilha da engenharia moderna... E linda também.

– Não estou questionando a engenharia do Protótony, chefe.

– Então, o quê? Você tem algum problema com a aparência dele?

Outra buzina, seguida de um...

– Bem...

– Bem, o quê? – perguntou Tony. – Fale logo, Friday, você está acabando comigo.

– Bem, ele é meio fortão.

– Claro que sim. Eu sou fortão. E ele foi feito para ser eu. A S.H.I.E.L.D. e os tabloides espionam o Protótony, o que me dá liberdade para as minhas missões. Nunca esteja onde supostamente você tem que estar, lembra?

Friday insistiu.

– Se é para ele ser você, então talvez não deva ter tantos músculos. Quero dizer, você mantém uma boa forma, chefe, não me entenda mal, mas tudo isso está documentado. E a forma do Protótony é mais *desenvolvida* que a sua.

– Você está insinuando que não sou exatamente o Hulk.

– Eu sabia que você ficaria bravo.

– Nada disso. Talvez apenas um pouco exasperado.

Friday deu uma risadinha.

– *Exasperado?* De acordo com os meus registros, você é a primeira pessoa a usar a palavra *exasperado* fora de um romance de ficção nos últimos quinze anos. Deveria existir um prêmio para isso.

– Quer dizer que o Protótony é forte demais? – continuou Tony, sem querer abandonar o assunto. – Ou talvez eu esteja fracote demais.

– Desculpe-me pela observação – retrucou Friday. – Ela se baseou meramente na sua massa muscular e não a fiz como uma crítica.

Tony ficou em silêncio por um momento, depois disse:

– Temos estimulador eletromuscular neste equipamento, não temos?

– Sim, chefe – respondeu Friday. – O desfibrilador pode ser utilizado como estimulador eletromuscular.

– Então me dê uns quinze minutos no abdômen. Quero ficar bonito para os satélites.

O estimulador eletromuscular mal acabara de definir o tronco de Tony Stark quando Friday fechou a ventilação e vestiu o traje subaquático para que pudessem se aproximar do *Tanngrisnir* por baixo. Afinal de contas, seria um tanto curioso se o Homem de Ferro aterrissasse no iate enquanto vissem Tony Stark no deque. Certamente, Nick Fury estaria gritando pelo telefone via satélite segundos depois de assistir ao vídeo. Por essa razão, Tony equipara o *Tanngrisnir* com portas submersas e uma câmara de compressão que acomodaria um gênio filantropo bilionário numa armadura de metal sem sequer provocar uma ondulação, física ou eletrônica, na superfície.

Tony ficou desviando de peixes por um tempo até que Friday, reassumindo o comando meio quilômetro adiante, guiou o traje do Homem de Ferro nas garras acolhedoras do equipamento de suporte do *Tanngrisnir*. Ele suspendeu Tony, suavemente como um bebê recém-nascido, até a plataforma de carregamento do iate.

– Beleza – disse Friday. – A loção está na cesta.

O traje se retraiu quase que com fluidez, passando de painel a micropainel, até Tony Stark aparecer em seu macacão justo e preto.

– *Beleza?* – ele repetiu. – Não me lembro de ter colocado gíria como parte da sua programação.

– Sou uma IA, chefe – disse Friday. – Portanto, aprendo. O que acha de "a loção está na cesta"?

Tony deu um passo e saiu por completo do traje.

– Gostei. Você escolheu uma fala de um dos meus filmes prediletos[2] e a transformou num comando. Legal. Sabe de uma coisa? Sou mesmo um gênio.

Friday se transformou num holograma brilhante em tamanho real na plataforma de carregamento.

– E humilde também – ela acrescentou.

Tony se espreguiçou até a coluna estalar.

– Não existe essa coisa de gênio humilde, Friday. Tanta humildade só faz com que você acabe pisoteado neste mundo.

– Ou conquiste felicidade e respeito.

Esse foi um comentário extraordinariamente filosófico para a extraordinariamente jovial IA.

---

2 Referência à citação do filme *O silêncio dos inocentes*, de 1991. (N.T.)

– Tenho todo o respeito de que preciso – disse Tony. – E ficarei feliz quando conseguir pegar todas as armas de pequena, média e máxima destruição das mãos daqueles que nunca deveriam tê-las. – Ele girou a cabeça. – Estou tão rígido. As pessoas não fazem a mínima ideia. Acham que o traje do Homem de Ferro serve só para salvar o mundo e ser maneiro. E também *é* isso, mas algumas poucas horas nesta coisa equivalem a andar na mais longa montanha-russa do mundo. Preciso relaxar.

– Que tal vinte minutos de capoeira antes do jantar? – sugeriu Friday.

– Perfeito – Tony concordou contente. – Arte marcial brasileira e um bife. É bem disso que preciso.

Friday entrou no traje do Homem de Ferro, fechou-o, ligou a lista de músicas de capoeira no próprio sistema de som do iate e encarou Tony.

– Vá devagar comigo, Friday – disse ele, colocando-se em posição. – Tive um voo longo.

As órbitas oculares do Homem de Ferro se acenderam, e a voz de Friday saiu da boca do traje:

– Nunca pego leve. Você me criou assim.

E, durante vinte minutos, Tony Stark lutou contra seu traje no compartimento de carga escondido no luxuoso e multimilionário iate, que, além das duas telas de cinema e de uma pequena boate, possuía tecnologia suficiente para gerir o Pentágono.

Uma hora mais tarde, Tony observava o Protótony, versão androide dele mesmo, fritar uma costeleta na cozinha do iate, que não era pequena nem modesta. Nada de compartimentos apertados e armários lotados ali. Havia nela três bocas a indução e dois fornos duplos, dos quais Tony usara apenas um, para secar seu par de tênis predileto depois que caíra do barco.

– Sabe de uma coisa? – ele disse a Friday. – Talvez o Protótony *seja* um tantinho, você sabe, forte. Pouco atraente, não é? Muitos músculos.

– Não, chefe. As mulheres odeiam isso – respondeu Friday, com malícia, do lado oposto da mesa.

– Talvez eu o diminua em alguns centímetros de todos os lados quando voltarmos a Malibu. Poderemos dizer que ele passou por um tratamento de detox.

– Marcarei uma revisão – disse Friday. – Se quer mesmo comer o bife, é melhor começar a mastigar, porque iremos a uma festa.

Nesse momento, o Protótony deu as costas para o fogão, a frigideira ainda na mão, e falou num sotaque texano falso:

– Quem está com fome, compadre? Quem estiver, que estenda o prato pro melhor bife deste lado do Rio Grande.

O Tony real fez uma careta.

– Ai. Que sotaque horrendo! Acho que o pacote de fala do bom e velho Proto precisa de um *upgrade*.

Friday manifestou seu desacordo:

– Não, chefe. O sotaque é mesmo terrível. Mas é como *você* reproduz um texano.

Tony se surpreendeu.

– Verdade? Bem, se um dia eu usar esse sotaque texano em público, por favor, administre um choque de baixa voltagem para me calar antes que eu irrite um estado inteiro.

Friday, como uma IA leal, prometeu que o faria.

O Protótony não era, na verdade, um protótipo. Mas o nome surgiu na primeira tentativa de Tony de construir uma réplica de si mesmo. Outros possíveis nomes foram: Tonybot, o Replistark e o Toborg, o predileto de Friday, pois, de alguma forma, soava como um insulto. Ela até passara a se referir a pessoas de quem não gostava como "completos Toborgs". De todo modo, o Tony androide vagueava pelos oceanos a bordo do *Tanngrisnir*, concedendo ao verdadeiro Tony um pouco de espaço de manobra para missões solitárias em partes remotas e perigosas do mundo, no trabalho de recuperar e aposentar armamentos roubados. No entanto, muito mais complicada foi a criação da pop star virtual Shoshona Biederbeck tão real que o mundo acreditou ser uma pessoa de verdade. Stark escrevera um programa capaz de analisar as estruturas e progressões dos maiores sucessos da metade do último século e depois os mesclou, conseguindo assim criar as próprias versões das canções, na verdade uma fusão de músicas anteriores, as quais, embora soassem familiares, se mantinham distantes das originais para evitar processos judiciais. Os últimos poucos vídeos de Shoshona explodiram na internet, com sucessos como "Bang Boom Pow", "Girls Got the Power",

"Ops, What'd I Do?", e a faixa com mensagem motivacional "You Know You're Beautiful, Right?".

E daí Shoshona se tornou tão popular que um selo musical quis conhecê-la, obrigando Tony a construir uma convincente Shoshona-bot. Era isso ou sua cantora-amante teria de se exilar devido às pressões do showbiz.

– Não existe essa coisa de ser inteligente demais – Friday com frequência lhe dizia. De qualquer modo, seria muito menos complicado construir um holograma de uma beldade misteriosa, mas Tony Stark, que gostava de brincar com a mídia, esforçou-se com Shoshona.

Depois do jantar, Tony caminhou até seu vestiário para se arrumar antes da comemoração da noite. Uma banda de rock local promovia uma festa de lançamento no hotel onde estavam hospedados no centro da cidade, e Tony prometera participar do evento em seu traje.

Todos querem o traje, ele pensou. Uma faca de dois gumes. Claro, o traje do Homem de Ferro era uma maravilha da tecnologia e de completa virtuosidade, mas, às vezes, seria legal receber um convite cujo motivo real fosse não se limitar ao brilho do Homem de Ferro.

O vocalista da banda, Graywolf, portara-se como um perfeito cavalheiro a respeito da questão.

– Ei, Tony, meu *brother*. Venha só você na sexta; dispense o equipamento. Afinal, já terá um excepcional show no sábado.

Mas Tony sabia que desapontaria os convidados se não desse, ao menos, uma de DJ com o traje. Na verdade, uma sacudida na coisa.

– Tem certeza quanto a essa festa, chefe? – Friday lhe perguntou. – Afinal, você fará um discurso na cúpula do meio ambiente no sábado, diante de alguns dos mais influentes representantes do meio ambiente do mundo.

– É por isso que vou à festa – Tony respondeu. – Preciso de algumas lembranças alegres recentes antes de passar o dia com representantes do governo.

– Imagino que sim – Friday disse. – Alguns dos representantes são completos Toborgs.

Mesmo assim, ele não se atiraria de cabeça na festa, pois, dada a importância da cúpula para o futuro ecológico do planeta, a tônica do discurso de abertura lhe garantiria que a mídia mundial prestasse atenção. Além do mais, parara de beber havia muitos anos.

Portanto, vestiria o traje para ambos os eventos.

Porém, não o traje de combate. A possibilidade de ele levar tanto poder de fogo a qualquer festa era zero. E a possibilidade de as equipes de segurança dos vários representantes lhe permitirem entrar na conferência vestindo o equivalente a um tanque de guerra nas costas era menos que zero. Portanto, deixaria para trás *aquele* traje. Mas não intacto. De jeito nenhum largaria o traje de combate no iate, mesmo com o sistema de segurança do *Tanngrisnir*. Por isso, tinha duas tarefas: (1) desmontar o traje de combate e (2) imprimir um Pacote de Festa.

No entanto, antes disso, estava na hora de ele se submeter ao laser.

Tony estava deitado muito imóvel sobre a mesa.

– Fique deitado bem parado, chefe – disse Friday, operando o robô de dois braços lasers que se aproximava do rosto dele.

– *Estou* deitado parado, Friday. Bem parado.

– Então pare de falar.

– Pare você de falar *comigo*. Sabe muito bem que a última palavra é sempre minha.

– A última palavra lhe sairá bem caro. Estes braços têm uma precisão aproximada de uma dúzia de mícrons mas, se você continuar se mexendo...

– Não estou me mexendo.

– Pare de falar.

– Pare você.

– Estou ligando agora.

– Não precisa me contar; consigo ver a luz acesa. Eu projetei o sistema.

– Cale essa a boca, Tony.

– E pare de ser mal-educada com o seu chefe.

– Lá vamos nós.

– Vá em frente, então.

Dois pontos vermelhos luminosos de calor concentrado apareceram nas pontas dos braços de laser.

– Fale mais uma palavra – disse Friday. – Eu o desafio.

Dessa vez, Tony Stark resolveu renunciar à última palavra. Continuou absolutamente imóvel enquanto Friday dava forma ao famoso cavanhaque, barbeando os pelos curtos em linhas geométricas retas e precisas em quase dez mícrons. E se a obra toda não resultou em uma perfeita simetria, foi só porque o rosto de Tony Stark não era perfeitamente simétrico.

A impressora 3D do *Tanngrisnir* conseguia imprimir coisas com tanta excelência que objetos impressos por outras impressoras 3D pareciam entalhados por homens das cavernas com uma machadinha de pedra. O que é uma maneira meio enrolada de dizer que a Stark Red Special 3D, batizada em homenagem à famosa guitarra de Brian May feita por ele mesmo, estava anos-luz à frente das concorrentes. Ou, como o próprio Tony dizia:

Que concorrentes?

E assim ela se tornou o slogan de marketing mais bem-sucedido da história das Indústrias Stark.

Várias coisas diferenciavam a Red Special das outras. Primeiro, ela conseguia imprimir em uma incrível variedade de materiais, que também poderiam ser separados uns dos outros nos fundidores de reciclagem. Imprimia compósitos de carbono-carbono, mecânica complexa, líquidos, microcircuitos, próteses, ataduras *nu-skin*, máscara de beleza anti-idade e um iogurte grego muito saboroso de abacaxi com coco.

Em resumo, na impressora 3D de Tony Stark havia toda a maravilha tecnológica que a guitarra de May tivera na época, e até um acabamento em mogno semelhante.

No momento, ele se posicionou diante da impressora no laboratório do iate, que ficava escondido debaixo do fundo da piscina, que era erguido ou abaixado dependendo do trabalho ou do entretenimento de Tony. Muito tempo atrás, a agulha TRABALHO/DIVERSÃO quase que permanentemente apontava para DIVERSÃO. Mas, então, Tony passou um tempinho num acampamento terrorista afegão e mudou de perspectiva. Ainda gostava de se divertir, mas era uma atividade mais ocasional e, com frequência, um disfarce para alguma outra ainda mais secreta.

Tony permaneceu em pé diante da Red Special e observou enquanto Friday controlava o guincho que abaixava o traje de longa distância do Homem de Ferro no tanque de fundição da impressora.

– Adeus, meu servo leal – disse ele, sempre meio piegas ao destruir uma criação, mesmo sendo inconcebível deixar um traje de combate completamente funcional à espera no iate enquanto ele caía na gandaia em terra firme. Nem sequer o levaria se não tivesse precisado dele para o longo voo. – Agora você fará algo muito, muito mais importante, e blá-blá-blá.

O traje deslizou pelo amplo tanque, que mais parecia uma frigideira numa hamburgueria, e Friday, com seu contumaz senso de humor endiabrado, ainda o fez saudar Tony na descida.

Ele gargalhou e depois disse:

– Eu não deveria rir. Aquele traje era uma parte de mim, Friday.

– Sinto muito, chefe. Mas não se preocupe, porque logo estará inteirinho de novo.

De fato, muitos pedaços do traje ressurgiram quase que de imediato, pois, como o gel inteligente do tanque os rejeitou, eles ficaram suspensos num motor servo na matriz da impressora. As placas e os componentes não eram rejeitados devido à obsolescência ou aos defeitos, mas porque podiam ser reciclados; desse modo, seria um desperdício absurdo de energia voltar a derreter engrenagens e mecanismos só para refabricar partes idênticas.

Apesar das diversas variações nos trajes do Homem de Ferro, nos últimos dois anos, o esqueleto base permanecia igual. Componentes como grande parte do capacete, muitas das superleves placas do corpo em nitinol e a seção espinal inteira podiam ser reutilizadas, juntamente com o sistema de propulsão e a espalhafatosa luz peitoral.

Depois disso, as coisas mudaram radicalmente, visto que o Pacote de Festa era algo completamente diferente do Traje de Batalha. Enquanto o Traje de Batalha tinha poder de fogo, o Pacote de Festa incorporava sinos e apitos. Enquanto o Traje de Batalha era capaz de suportar um ataque de artilharia pesada, o Pacote de Festa conseguia não só apartar o ataque dos paparazzi, mas também entreter uma multidão com um show de laser e fogos de artifício bem direcionados.

Caso se pudesse comparar o Traje de Batalha a um piloto de um jato furtivo, então o Pacote de Festa, com muita propriedade, seria comparado ao equipamento de uma banda formada por um único artista, acrescido de um *ta-rá* extra.

Havia muitas vantagens no Pacote de Festa: leve em comparação ao Traje de Combate, não letal, o que gerava um alívio considerável para o usuário, impossível de causar algum ferimento, mesmo caindo nas mãos erradas, visto que a minúscula bateria de vibrânio embutida no peitoral tinha uma meia-vida de apenas vinte e quatro horas, e o traje era codificado pelo biorritmo de Tony, assim como todos os outros trajes. Além disso, dispunha de ar-condicionado e de embalagens de gel para resfriar os "pobres e traumatizados poros" do proprietário, depois de uma intensa sessão de dança. Palavras de Friday, não de Tony.

– Muito bem, Big T – disse Friday. – Ela está pronta pra farra.

– Essas palavras soam muito erradas no sotaque irlandês – comentou Tony, pisando na plataforma elevada na parte de trás do laboratório. – Nunca mais as repita. Especialmente a parte do Big T.

Ele ergueu os braços e permitiu a Friday ajustar o traje. O procedimento todo durou quase cinco minutos, uma vez que uma das botas estava meio estranha e precisou ser remodelada.

– Tenho que realinhar os nódulos – comentou Tony enquanto Friday raspava *manualmente* a segunda bota.

– Você poderia imprimir novas – disse Friday.

– Que também estariam erradas.

Friday riu.

– Foi uma piada, chefe.

– Não sei, Friday – retrucou Tony. – Acho que você está um pouco inconstante. Big T? Piadas? Talvez também precise de um *upgrade*.

– Isso magoou – comentou Friday. – Sou uma IA; temos algo semelhante a sentimentos. Não sou uma torradeira que não leva as coisas para o lado pessoal.

– Pois é – concordou Tony. – Aquelas torradeiras são feras insensíveis.

– Você entendeu o que eu quis dizer.

– Claro – disse Tony, flexionando os dedos dentro das manoplas e apreciando a força que os minúsculos servomotores lhe conferiam. – Eu não mudaria nada em você.

– Fico feliz – agradeceu Friday. – E agora, calibração.

Tony resmungou:

– Minha parte predileta.

Nos dez minutos seguintes, ele executou uma série de ações gradativamente mais complexas registradas numa lista de verificação para se certificarem de que o traje novo se ajustava adequadamente. Para um observador, pareceria que o Homem de Ferro estava participando de algum teste avançado para motoristas embriagados, que começava com o dedo no nariz e terminava com um salto triplo e rodopio em pleno ar.

Assim que terminaram, Tony selecionou um pacote de atalhos no menu para ordenar ao traje várias manobras por meio de gestos simples. No Pacote de Festa, ele preferia o estalo de dedos duplo, que faria o traje realizar o *moonwalking* e emitir música disco através dos alto-falantes. E também botaria a casa abaixo, num estilo muito menos destrutivo do que o Homem de Ferro costumeiramente fazia quando botava casas abaixo.

– Podemos, por favor, ir agora? – pediu a Friday. – Aqueles toca-discos não tocarão sozinhos.

– Entendido, Big T – acatou Friday. – Estamos prontos para embarcar na missão DJ.

– O que eu disse a respeito do Big T?

– Disse para eu chamá-lo de Big T em qualquer oportunidade?

Tony sorriu. Friday era mais divertida do que o SO antecessor jamais fora.

– Sim, isso mesmo. Como fui me esquecer?

Friday abriu as portas internas para o mar.

– Tudo pronto, chefe. Eu poderia sugerir que voltasse cedo para casa? Não que a hora faça diferença para mim; sou imortal. Você, por outro lado, envelhece a cada segundo de nossa conversa.

– Voltar cedo, combinado – disse Tony, entrando na câmara de compressão. – Três da manhã. Quatro, no máximo.

– Só acredito quando vir – afirmou Friday, abrindo as portas externas e inundando a câmara.

Não houve necessidade de uma saída discreta, visto que o Homem de Ferro estava sendo esperado em terra firme, mas havia muito tempo que Tony aprendera o valor de ser sorrateiro em relação à imprensa. Por isso, saiu da água debaixo do iate e resvalou pela superfície por algumas centenas de metros. Um rápido vislumbre nos leitores digitais lhe informou que a temperatura interna era de confortáveis dezoito graus, mas o maldito Pacote de Festa não parecia mais fresco debaixo d'água. Não se deu ao trabalho de comentar isso com Friday, porque muito provavelmente ela lhe diria que não passava de impressão pessoal.

Mas então, algo nos leitores chamou a atenção de Tony: uma telinha constantemente ativa alternando-se através de diversas fontes de entrada.

– O que foi isso?

– O quê? – Friday devolveu a pergunta com exagerada inocência.

– Pode parar. Você viu antes de mim. Um alerta no escâner de armas. E nesta área.

– É possível, mas estamos muito ocupados esta noite, chefe.

– Volte o ciclo, Friday. Quero dar uma olhada.

– Não recomendo que dê uma olhada.

– E por quê?

– Por causa da sua personalidade obsessiva, chefe. Você nunca consegue só *dar uma olhada.*

A voz de Tony soou mais firme.

– Leve-nos a trezentos metros. Coloque o traje no modo de espera acima da cidade e me deixe ver aquele relatório.

Friday literalmente não podia desobedecer à voz irritada de Tony, nem mesmo dar uma enrolada, porque o tom fora registrado como um comando no sistema da IA. Quando os sensores de áudio o captavam, o traje entrava em modo de combate – não que isso significasse grande coisa no Pacote de Festa, que estava armado com fogos de artifício, Mentos e água mineral com gás.

Portanto, Friday agiu conforme lhe fora ordenado, conduzindo o Homem de Ferro a uma subida acentuada, parando a trezentos metros de altitude. A cidade de Dublin reluzia abaixo num sistema enevoado das luzes de verão, e as placas do traje zumbiam embaladas pela brisa suave.

– Mostre-me – disse Tony, ainda em tom resoluto.

Friday aumentou a tela até que preenchesse todo o display. Rolou as informações de volta àquela parte do programa de triagem projetado por Tony para sintonizar a maioria das câmeras dos satélites mundiais e a busca por específicos armamentos roubados. O vídeo mostrava uma ilhota a menos de cento e trinta quilômetros da posição deles.

– Little Saltee – informou Friday. – Fica a três quilômetros da costa sudeste da Irlanda. Desabitada nos últimos cinquenta anos. Utilizada como prisão na Idade Média. Oficialmente, existem nela apenas ruínas da antiga prisão e de um santuário de pássaros. A ilha é uma reserva natural para mais de quarenta tipos de gaivotas. Nenhum humano tem permissão para entrar lá.

– Nenhum humano recebe permissão oficial. E não oficial?

– Não oficialmente, vejo o contorno bem claro de um barco atracado, coberto por uma lona camuflada. – Friday deu o zoom no pequeno atracadouro e tracejou uma linha entre os diversos pontos salientes na lona. – Pelo contorno, tenho cinquenta por cento de certeza de que o barco é a canhoeira americana *Stark Poseidon* para operações especiais.

– Cinquenta por cento?

– É o melhor que consigo fazer.

– No litoral irlandês? Está bem fora do curso. O que ela carrega?

– Metralhadoras, armas pequenas, lançadores de granadas e projéteis calibre .50. No mínimo. Você poderia colocar a artilharia onde bem quisesse com essas trincanizes.

– A fonte é confiável?

– É o satélite climático de uma estação francesa. Só encontrei o perfil.

– Parabéns – disse Tony. – Ou melhor, parabéns para mim. O exército comunicou a falta de uma canhoeira?

– Relataram que uma afundou durante manobras em Guantánamo há alguns meses, mas nunca recuperaram os destroços.

– E aparece aqui, a centenas de metros de uma cúpula do meio ambiente, à beira de um rio.

– Talvez. Cinquenta por cento de chance, lembra?

– Consegue obter mais informações com o infravermelho?

– Não. Já tentei. Está frio demais.

– Alguém na ilha?

– Nenhum corpo quente, mas consigo ver o movimento de uma embarcação costa abaixo numa determinada rota. Hora estimada para chegada daqui a trinta minutos.

Tony Stark não perdeu tempo pensando.

– Ok. Mudança de planos. Preciso desintegrar aquela canhoeira.

Friday discordou.

– Não, chefe, não precisa. Chame alguém. Deixe que a guarda costeira cuide da situação.

– A Guarda Costeira Irlandesa não anda armada – explicou Tony. – E, mesmo que andasse, a que distância está o barco mais próximo deles?

Friday fez uma leitura rápida do GPS da guarda costeira.

– Demorariam uma hora, na melhor das hipóteses.

– Tempo suficiente para qualquer coisa que esteja indo para a canhoeira se atraque a ela e pegue o carregamento.

– E você, chefe? Só conta com fogos de artifício e música disco.

Tony não precisava ficar ouvindo os argumentos de Friday, mas, às vezes, era bom equilibrar os pensamentos impetuosos dele com a voz da razão.

– Friday, vamos fazer um rápido reconhecimento. Se for a canhoeira, arranco as velas e a deixo morrer na água. Depois chamo reforços. Nenhum poder de fogo necessário. Se não for a canhoeira, então prosseguiremos para a festa sem passar vexame. De todo modo, o desvio só leva vinte minutos. Ok?

– Ok, chefe – concordou Friday, que sabia muito bem que Tony Stark não lhe perguntara de fato nada. Ele raramente deixava passar a oportunidade de uma aventura beneficente.

A considerável experiência de Tony Stark o levava a saber que a melhor tática nesse tipo de situação consistia numa abordagem direta. Era bem comum que a mera visão do rosto carrancudo do Homem de Ferro descendo dos céus como um martelo da justiça colocasse em fuga terroristas e criminosos assustados, ainda mais se tivessem visto uma cena dele no YouTube esmagando diversos depósitos de armas e mercados de armamentos, o que boa parte do mundo já fizera. Com frequência, Tony desarmava os silenciadores e chegava com todas as luzes acesas, abalando mais do que um destacamento de soldados. Mas, nesse caso em especial, a discrição seria mais inteligente, visto que havia uma chance de cinquenta por cento de ele não encontrar nada mais sinistro debaixo daquela lona do que uma traineira precisando de reparos.

Uma traineira precisando de reparos durante o verão numa ilha desabitada?

Tudo bem, talvez não fosse a explicação correta, mas ainda assim existia uma dúzia de razões pelas quais esconderiam um barco numa ilha, as quais não incluíssem um ataque a uma cúpula do meio ambiente. De todo modo, como ninguém na ilha o impediria de dar uma espiada, seria desnecessário despertar os vizinhos, mesmo que se limitassem a gaivotas.

Um pensamento lhe ocorreu.

– Friday, não existem fatores ecológicos, correto? Não quero derrubar um ovo e causar a extinção de uma espécie de pássaro. Minha consciência já anda bem pesada.

– Acho que não haverá problemas, chefe. Você sempre terá a opção de alimentar os pintinhos com caviar numa emergência.

– Hilário. Você pode me lembrar por que mesmo lhe pago?

– Você não me paga, chefe. A menos que a moeda seja compartilhar a alegria da sua companhia.

– E agora sarcasmo? Você está *mesmo* se desenvolvendo.

Tony semicerrou as mãos, aproximando as pontas dos dedos e assim diminuindo a potência dos propulsores de plasma magnético para que o traje descesse para quinze metros acima do nível do mar.

– Avalie a extensão total – instruiu a Friday. – Quero saber se há algo maior do que um cachorro de pequeno porte naquela ilha.

No display do capacete, ele viu uma grade de laser cobrindo a ilha: milhares de corações pulsantes surgiram.

– Nada além de pássaros, morcegos e roedores, chefe. Nenhum humano na ilha.

– E quanto à vigilância?

– Surpreendentemente, estamos numa zona escura. Não há nenhum olho no céu. Até mesmo o satélite francês mudou de posição. Não é frequente encontrarmos um lugar assim.

Tony franziu o cenho.

– Tudo parece seguro demais.

– Imagine só! Um reconhecimento em que ninguém vai atirar em nós. Frustrante!

Tony ignorou esse exemplo extra da evolução de Friday.

– Que tipo de terrorista deixa uma canhoeira desprotegida?

– Um que está a caminho neste instante. Chefe, detesto citar Hollywood, mas estou com uma sensação ruim. Se vamos mesmo investigar, acabemos logo com isso antes que aquele barco se aproxime ainda mais.

– Consegue enxergar alguma coisa debaixo da lona de camuflagem?

– Nenhum batimento cardíaco, chefe. Nada. Pode haver um revestimento por baixo, ou ele só é velho mesmo.

Tony Stark não apreciava o desconhecido, mas sabia que não lhe restava alternativa a não ser investigar a embarcação. Um mistério, e a carreira inteira de Tony se baseava na solução de mistérios. Assim como Steve Rogers seria incapaz de passar por uma bandeira cheia de estrelas sem uma saudação, ele não conseguiria ignorar aquilo.

– Tudo bem – disse. – Vamos descer.

Reduziu os propulsores para quinze por cento, e então o traje, saindo do modo de flutuação, desceu lentamente, com os braços rentes ao corpo e os pés num ângulo ascendente, numa posição à qual Friday se referia como a "do pinguim".

Tony imaginou que a pose não era tão atraente, mas pelo menos o pinguim lhe permitia observar durante a descida.

– Dez segundos para aterrissagem, Friday – ele disse.

Mas a IA a bordo respondeu:

– Acho que não, chefe.

Houve alguma coisa no modo como ela disse *chefe*, um tom de desdém novo do qual Tony não gostou nem um pouco. Estava prestes a falar quando as coisas rapidamente saíram de controle.

Primeiro, um crânio brilhante apareceu no display, acompanhado de uma buzina ensurdecedora que ameaçava estourar os tímpanos de Tony.

– Friday! – ele chamou, apesar de não conseguir ouvir a própria voz. – Friday! Desligue os alto-falantes!

Os alto-falantes não foram desligados; na verdade, o volume deles aumentou, desorientando Tony por completo.

Inicialmente, ele culpou essa desorientação pelo solavanco em seu estômago, a sensação de estar caindo sem controle.

Em seguida, Tony pensou: *Droga*, estou *caindo descontrolado. Os propulsores não estão operando. O que mais pode dar errado?*

A resposta a essa pergunta foi evidente: *Sensores. Todos eles.*

Além da queda enlouquecida e ensurdecedora, Tony Stark ficou completa e subitamente cego.

Cego, surdo e desabando.

Com certeza, o número três da lista Jamais Faça Isso Durante uma Operação.

E então, despencou na lona, que envolveu o traje como uma rede. Tony tentou se livrar, mas os servomotores que lhe permitiam controlar pernas, braços e dedos estavam congelados. Só lhe restou a alternativa de permanecer deitado como uma estátua enquanto pessoas desconhecidas, que supostamente não deveriam estar na ilha, socavam o Pacote de Festa.

Dentro do traje, Tony lutou para recuperar algum tipo de controle, mas Friday não respondia e, depois de um instante, ele se sentiu tolo ao gritar "Reiniciar!" para o crânio lampejante na tela.

Isso é ruim, ele pensou. *Extremamente ruim.*

E era mesmo. Não havia a menor possibilidade de enxergar o que quer que estivesse acontecendo como algo bom.

E estava acontecendo o seguinte: o Homem de Ferro caiu na lona que estivera cobrindo o que parecia um barco pesqueiro comum, e não a canhoeira americana desaparecida.

Friday previra que o contorno podia muito bem não ser o de uma canhoeira, mas não contara a Tony sobre os dois homens que surgiram quando a lona foi empurrada para dentro do barco. Ambos portavam não só instrumentos afiados convencionais e armas semiautomáticas, mas também eletromagnetos compactos, que arremessaram no Homem de Ferro envolvido pela lona antes de enrolá-lo ainda mais com ela. Estavam cientes de que a armadura do Homem de Ferro não seria afetada pela atração magnética, mas os campos eletromagnéticos o impediriam de recuperar o controle do traje.

Assim que os eletromagnetos se agruparam ao redor do inerte Tony Stark, os dois homens prenderam as pontas soltas da lona em torno dele. Um dos sujeitos, um cara gigantesco, chegou a cantarolar a melodia de "Iron Man", do Black Sabbath enquanto trabalhava. Cole Vanger, conhecido como Pyro pelos companheiros no ecoterrorismo mundial, por conta dos lança-chamas idênticos presos aos ombros com os quais costumava ser visto, nem sequer percebeu o que estava fazendo. Vanger tampouco percebeu a incrível ironia de alguém que bradava seu amor pelo ambiente preferir usar lança-chamas. Na verdade, Vanger não era um ecoterrorista verdadeiro; apenas fingia ser porque achava que as mulheres radicais gostavam.

Com Tony encasulado na tela, o passo seguinte foi prender o pacote usando uma fita adesiva de um material incrivelmente forte, não o bastante para prender um Homem de Ferro operante, mas por certo resistente para manter o pacote preso durante o curto, ainda que punitivo, trajeto em que em breve embarcaria. O segundo homem, encarregado da fita adesiva, treinara com Vanger durante dias. O infeliz

Pyro passara horas com os membros presos numa tubulação plástica, debatendo-se enquanto seu camarada o enfaixava com lona e fita. Mas naquele momento era pra valer. E o homem deixou seu empregador orgulhoso, pois conseguiu mumificar Stark em menos de trinta segundos. De fato, o portador da fita adesiva equivalia a uma equipe de um homem só na troca de pneus numa corrida de Fórmula 1.

– *Allez!* – exclamou o chefe da fita adesiva, um francês chamado Freddie Leveque. – *Allez vite!*

Leveque deu três batidas fortes num centímetro exposto do visor do Homem de Ferro só para enfatizar o quanto *vite* eles teriam que *allez*.

A etapa seguinte foi laçar o Homem de Ferro com uma corda grossa que serpenteava do barco até a rampa de lançamento. A corda desaparecia no meio de um mato que poderia esconder um caminhão. Mas não havia ali um caminhão, e sim um trator com uma corda grossa amarrada à barra de reboque. A mulher na direção era conhecida pela Interpol por diversos nomes, incluindo Valentina Zhuk, Valeria Zucchero, Vasha v8, a Zhukster, Zhuky, Tailspin e simplesmente Spin, e estava habituada a ficar atrás do volante de automóveis bem mais rápidos que um trator. Spin Zhuk se tornara famosa em certos círculos nefastos por ser a pilota que venceu um cansativo rally internacional num veículo patrocinado corporativamente e depois o roubou.

Ao sinal de Leveque, Spin Zhuk ligou o motor a diesel, que ela mesma desmontara e ajustara até funcionar melhor do que um relógio suíço de dez mil dólares, e pisou fundo no acelerador, tirando o tratorzão do mato e, pela antiga estradinha de pescadores, chegando às ruínas da prisão medieval no alto da colina. O pacote embrulhado com lona e fita do Homem de Ferro foi arrastado de modo aviltante em uma prancha colocada por cima da amurada do barco, sacolejando pelo escorregador e, conforme a Lei de Murphy, chocando-se contra todos os obstáculos possíveis no curto trajeto. Vanger e Leveque seguiram de perto como crianças travessas gritando "Olé!" e socando o ar depois da cada impacto. As lonas conseguiram amortecer a maioria das batidas, mas muitas vezes uma rocha ou a parte pontuda do pavimento perfuravam o casulo desigual, e a curvatura e a pureza do metal provocavam um tinido pela ilhota.

– Ding-dong! – gritou Cole Vanger. – O Homem de Ferro está morto.

As palavras não eram exatamente verdadeiras, mas provocaram a risada do outro homem, e os céus bem sabiam que haveria bem poucas risadas nos dias seguintes.

Spin Zhuk afundou o pé no pedal, o máximo possível num trator Massey Fergusson, e praguejou em ucraniano enquanto o veículo agrícola engasgava na subida íngreme até a prisão.

– Você não passa de um porco de metal muito estúpido – disse ao trator. – O meu avô corre mais rápido do que você, e ainda morreu lutando contra os russos.

Houve outras palavras também, mais ofensivas do que *estúpido* ou *porco*, e se o trator fosse capaz de se ofender, possivelmente até pensasse em empacar por um tempo, antes de decidir que talvez tentasse arrancar mais alguns cavalos de potência para evitar outros insultos. De todo modo, sensível ou não, o veículo sacudiu e pareceu atacar a inclinação com vigor renovado.

O desfile macabro foi serpenteando pela trilha rochosa até as ruínas medievais, com Leveque, bem mais ágil do que o outro homem, utilizando as incríveis habilidades de percursos com obstáculos aprendidas na Legião Estrangeira Francesa. Então, escalou o muro externo e abriu com uma manivela uma tela de camuflagem que pendia ao longo de um arco em granito. Este outrora prendera uma porta com cravos e uma ponte levadiça, mas desabara havia muito tempo e pendia como a boca de um gigante pesaroso. Se essa operação estivesse acontecendo conforme as regras dos sindicatos, a saúde e a segurança por certo vetariam o acesso através do arco inclinado; entretanto, esses soldados em específico não pertenciam a nenhum sindicato e, com toda certeza, a saúde e a segurança deles corriam riscos durante todos os segundos da operação. E tanto era assim que logo o arco despencou de vez em razão da passagem do veículo pesado, enterrando o pacote do Homem de Ferro com escombros. Spin Zhuk blasfemou quando o veículo parou, depois virou à esquerda e à direita no local estreito, puxando às sacudidas o Homem de Ferro debaixo das pedras caídas. Freddie Leveque não se machucou ao executar um rolamento lateral perfeito, o que arrancou outro "Olé!" de Cole Vanger.

Assim que liberaram o pacote, Spin continuou o trajeto planejado, dirigindo o trator pela passagem antes alargada e descendo por uma rampa de madeira, rumo ao centro da velha prisão. A cadeia outrora abrigara centenas de piratas, assassinos, trapaceiros, contrabandistas e prisioneiros políticos, mas, a partir daquele dia, seria o lar de um único prisioneiro especial. Bem ali mesmo, com o teto baixo e opressivo, o ar úmido e fétido, o gerador bufando e a fileira de monitores parecendo destoar absolutamente em tal cenário.

Um corpulento asiático, cabelos e barba cortados com uns seis centímetros de comprimento, girou na cadeira de escritório para ficar de frente para o trator que acabara de irromper na câmara subterrânea, literalmente sacudindo as fundações. Com uma expressão de leve surpresa, como se pensasse *puxa, mas já está na hora?*, bateu palmas três vezes.

– Excelente, senhorita Zhuk – cumprimentou-a. – Maravilhoso mesmo. Que tal darmos uma olhada, cavalheiros?

Vanger e Leveque desceram a rampa trotando e começaram a trabalhar com diversas lâminas, rapidamente arrancando as camadas de lona para revelar a famosa armadura vermelha e dourada do Homem de Ferro, parcialmente submersa em eletromagnetos como um brinquedo no fundo de uma caixa de cereal.

O sujeito barbado, conhecido por seus homens simplesmente por *chef* – no sentido de "patrão", não no culinário –, flexionou os dedos como um pianista de concerto e se voltou para o computador.

– Agora chegou a hora de dizer olá para o senhor Stark.

– Não! – exclamou uma voz distante, acompanhada de passos rápidos descendo uma escada em espiral que chegava à câmara vinda das ameias. – Espere.

Mas o *chef*, sem ouvir ou sem querer esperar, digitou uma série de números no teclado, o que fez a armadura do Homem de Ferro ir abrindo, deixando Tony Stark tão indefeso quanto um marisco sem concha.

Quase.

Dentro do traje, Tony rapidamente percebera que nada poderia fazer exceto aguentar o trajeto fadado a lhe causar concussões. Os amortecedores de choque, os giros e os abafadores do traje o pouparam de muitos impactos, mas ele ainda se sentia dolorido e cansado quando pararam de se mover.

A buzina desapareceu dos alto-falantes, um alívio abençoado, e concedeu a Tony um momento para que organizasse seus pensamentos ao ouvir o primeiro som metálico que sinalizava a iminente remoção do traje do Homem de Ferro.

Felizmente, Tony Stark, um gênio autêntico, era capaz de organizar mais pensamentos num momento do que a maioria das pessoas conseguia numa vida inteira ou em diversas encarnações.

Portanto, conseguiu avaliar com rapidez a situação da seguinte forma:

O traje de alguma maneira está comprometido, mas sem nada sério a ponto de danificá-lo, o que significa que alguém o queria intacto. Ou talvez eles me *queiram intacto. No pior dos cenários, querem o traje vivo, mas o playboy bilionário morto. Pouco provável. Um gênio rico sempre vale mais vivo do que a sete palmos do chão. Então, fui enganado por uma pessoa que, de alguma forma, bloqueou todos os meus sistemas e, portanto, me conhece intimamente. E isso reduz bastante a lista de suspeitos possíveis.*

Na verdade, sou o único suspeito na lista.

Me manipularam?

Drogaram? Hipnotizaram?

Talvez nada disso nem mesmo esteja acontecendo, ainda que deva agir pressupondo que esteja, porque este traje está quase se abrindo e, quando isso acontecer, haverá pessoas querendo, no mínimo, que eu faça coisas que não quero fazer.

Conclusão: esta situação toda não será tão divertida quanto a festa de Graywolf.

Curso de ação: não se renda sem lutar.

Os sobressaltos de Tony Stark sempre foram de certa forma exagerados, ou, como Nick Fury certa vez dissera: "Stark, você é mais nervoso que um saco cheio de culpa". Não sendo de ignorar um ativo em potencial, Stark aprimorara essa característica por meio de meditação e de treinamento até conseguir agir com a velocidade de uma reação reflexa. Em outras palavras: quando Tony Stark sentia a necessidade de velocidade, ele conseguia se mover como se alguém tivesse lhe espetado um alfinete no traseiro.

E Tony Stark sentia essa necessidade naquele exato instante.

Com a armadura do Homem de Ferro aberta, dobrada e zunindo, os sequestradores de Stark esperavam encontrar um industrial atordoado, maleável e indefeso sem a armadura de era espacial. Mas com certeza não esperavam um indivíduo altamente treinado e motivado saindo do traje como se tivesse sido ejetado.

O sorriso forçado de Cole Vanger, então parado ao lado do "pacote", desvaneceu quando Tony Stark não implorou pela vida, mas, em vez disso, pareceu analisar os armamentos de Vanger enquanto voava na direção dele, preparando-se para pegá-los para vantagem própria.

– O quê? – disse Vanger. E depois: – Como assim?

Em seguida, a cabeça de Stark quebrou o nariz do sujeito, e os polegares do industrial cobriram os de Vanger.

Vanger poderia ter dito *Não faça isso* se a dor não invadisse seu crânio, despojando-o de qualquer pensamento racional. *Vai acionar os lança-chamas.*

Claro, exatamente o que Tony Stark tinha em mente. Os bicos dos lança-chamas de Vanger estavam afixados nos ombros dele como papagaios robóticos num pirata tecnológico e, nesse ângulo, apontavam diretamente para o interior exposto do traje do Homem de Ferro. Tony raciocinou que, se ele não podia usar o traje, tampouco aqueles sujeitos o usariam. Tudo dependia do tipo de combustível que o cara carregava. Querosene das antigas aqueceria as placas em alguns graus e talvez curvasse algumas delas, mas, se nos tanques houvesse algo à base de gel, então talvez fosse o fim do Pacote de Festa.

Tony pressionou os polegares de Vanger e depois puxou o homem para mais perto, como se dançassem rumba. Não estavam dançando. Simplesmente, Tony não queria de modo algum queimar as orelhas com ambos os jatos de fogo passando acima dos ombros dele.

Na realidade, pouco importava o tipo de combustível que Cole "Pyro" Vanger estivesse carregando, pois as chamas mal chegaram a lamber o interior do traje quando Freddie Leveque se lançou sobre a dupla, formando uma confusão de pernas, braços e troncos rolando pela câmara, o que trouxe resultados positivos e negativos para ambos os lados.

Do ponto de vista de Tony, era uma tremenda desgraça que as chamas não danificassem o traje, pois, como qualquer inventor, ele odiava revelar sua tecnologia. Por outro lado, o arco de chamas que continuou a jorrar do equipamento de Vanger provocou danos consideráveis aos dos sequestradores, fritando dois monitores e obrigando os demais a procurarem abrigo.

– Prendam-no! – gritou o *chef*, irritado. – Pra que eu pago vocês, *báichī*?

Tony, aferrado à sua presença de espírito, localizou a cabeça de Leveque, presa debaixo de uma axila de Vanger. Felizmente, o pé de Tony também estava perto, por isso conseguiu acertar a testa de Leveque com a sola de um dos tênis, desejando ter optado por sapatos de couro duro.

E as pessoas dizem que a moda não é importante, pensou ele, passando por cima do atordoado Leveque e avaliando a construção enquanto corria.

Uma saída óbvia pela rampa... Podem existir mais homens ali em cima... Provavelmente eles têm ordens para me matar, mas, ainda assim, talvez estejam um pouco desconcertados com a pirotecnia...

A experiência de Tony lhe garantia que atiradores desconcertados tendiam a ser muito nervosos com os dedos nos gatilhos. Então, descartou a opção da rampa quase imediatamente e virou para a esquerda rumo às sombras.

Que haja uma escada, ele disse para a escuridão. *Que haja uma escada.*

E miraculosamente ali havia uma. Parecia desprotegida, a não ser pelas passadas ecoando vindas de cima, mas Tony já se decidira seguir aquela direção.

Prefiro me arriscar com passadas misteriosas a enfrentar uma sala cheia de balas, chamas e homens enfurecidos, Tony concluiu.

Portanto, tinha de subir. Tony galgou a escada em espiral, dois degraus de cada vez, escorregando na pedra lisa. Quem quer que estivesse descendo vinha rápido, e Tony resolveu que prenderia o fôlego e usaria a continuidade do movimento do misterioso que se aproximava contra o próprio.

Então, parou de repente e se abaixou, imaginando que o homem acabaria tropeçando sobre a forma acocorada em que escolhera ficar. Mas, quase que com a mesma rapidez, os passos cessaram, como se a pessoa oculta tivesse percebido o plano dele.

Não restava tempo para atrasos, visto que os demais homens já haviam se recobrado e caminhavam apressados na direção de Tony; por isso, rapidamente considerando suas opções, ele resolveu seguir em frente.

Fique abaixado, disse a si mesmo. *Nunca esteja onde supostamente deve estar.*

Ele continuou para cima fazendo a curva em alta velocidade, pronto para rolar o homem por cima das costas, derrubando-o sobre os camaradas como uma bola de boliche humana. Essa atitude com certeza daria a Tony alguns segundos a mais para que encontrasse uma saída daquele lugar.

Mas ninguém tropeçou por cima dos ombros de Tony. Em vez disso, ele ficou diante de um gasto par de botas de exército com cadarços verdes. Uma voz divertida flutuou de cima para baixo até alcançá-lo:

– Nunca esteja onde supostamente deve estar, certo?

Tony ergueu o olhar e viu olhos verdes fitando-o, emoldurados por ruivos cabelos cacheados: – Olá, chefe – disse a garota.

Tony conhecia muito bem aquela voz, que viajava com ele aonde quer que fosse.

– A sua voz é igual à da Friday – Tony disse. Deu umas batidas na ponteira de metal de uma das botas. – Mas você é real. Não estou entendendo.

– Uau – disse Friday. – Tony Stark não está entendendo. Eu deveria tirar uma foto disso.

E então, ela o atingiu no pescoço com um tranquilizante tão potente que Tony despencou inconsciente de imediato de volta aos anos 1980.

– Duran Duran, pai – ele murmurou. – É uma banda. Oi.

E tombou para trás, desabando pelas escadas pelas quais tão destramente correra.

Mas pelo visto não tão destramente assim.

A última coisa que Tony sentiu antes de perder a consciência foi perplexidade, exatamente a primeira coisa que sentiria quando despertasse.

Bem, tecnicamente a segunda coisa. A primeira seria dor.

3
AQUELA SENSAÇÃO DE FRIDAY

Caso oferecessem a Tony Stark a escolha entre despertar ou permanecer nas sombras por um tempo, certamente ficaria com a segunda opção. Stark já fora deixado inconsciente tantas vezes que conhecia o *despertar* sempre como um passeio com obstáculos, ainda mais quando o coquetel de traumatismo e drogas que o nocauteara fora pesado.

Seu amigo Rhodey certa vez lhe dissera:

– Sabe, Tony, toda vez que você é leva um golpe, perde alguns pontos de QI. Continue assim e logo nunca mais será um gênio.

E Tony respondera:

– Você quer dizer que logo *não* serei mais *um* gênio, gênio.

Rhodey se ofendera e os dois acabaram brigando no escritório, furando um retrato a óleo de P. J. Lynch, que valia mais do que um carro esporte top de linha.

Tony sentiu a consciência florescer na escuridão da sua cabeça, e com o florescer surgiram três tipos de dor: aguda, atordoante e latejante.

O que está acontecendo?, ele pensou. *Meu Deus. A minha cabeça está explodindo.*

A perplexidade persistiu até a completa consciência, quando Stark se viu entalado debaixo de uma cama embutida no canto de um quarto sem janela, as paredes de pedra cobertas por musgo e uma porta bloqueada.

Do outro lado da porta, Friday se acomodava numa cadeira azul de plástico que parecia ter vindo de alguma sala de aula de jardim de infância. Vestia calças leggings de arco-íris e botas de exército, e os cachos ruivos crepitavam por cima do colarinho de uma jaqueta de combate grande demais.

– Gosta da sua cela? – ela perguntou.

Tony, presumindo que era uma pergunta retórica, não respondeu, preferindo guardar suas forças para rastejar para fora daquele lugar.

– Fala sério, Friday – disse por fim, entre arquejos de ar. – Precisava me enfiar debaixo da cama como se eu fosse uma espécie de bicho-papão?

– Você mesmo se enfiou aí, chefe – replicou Friday. – Eu pediria a uma terapeuta que analisasse esse comportamento. Sei que o psiquiatra da S.H.I.E.L.D. há anos morre de vontade de colocar você numa cela acolchoada. Mas eu lhe perguntei a respeito *deste* lugar. Talvez você não goste dele, mas deveria apreciar o design. A clássica cela de uma prisão. Basicamente inalterada há séculos. Quatro paredes e uma porta. Em termos funcionais, este cômodo é como uma concha. Não pode passar por melhorias.

Tony rolou de costas.

– Já estive em celas de prisões antes, Friday. Talvez tenha ouvido falar?

– Afeganistão? – perguntou Friday. – Ouvi, sim. O mundo inteiro ouviu. Um bilionário aprisionado por um mês, e o planeta inteiro enlouquece. Mas agora é diferente.

– É mesmo? De que modo?

– Por que você não me diz, gênio?

Tony se sentou, coçando os pelos do cavanhaque cortados a laser.

– Como este cárcere é diferente? Vou arriscar. Eu deduziria que você aprendeu com os erros dos meus últimos sequestradores, portanto, não me pedirá que construa nada perigoso.

– Correto – Friday confirmou. – Já temos o que precisamos de você.

– Suponho que seja o traje.

– Suponha o que bem quiser.

– E me manterá isolado? – Tony tentou adivinhar.

– Certo de novo. Nenhuma possibilidade para jogos mentais.

Tony movimentou os dedos ao estilo de Stephen Strange.

– É? Talvez eu esteja fazendo um jogo mental agora mesmo.

– Estive dentro da sua mente, esqueceu? Nenhuma das suas engenhosas manipulações funcionará em mim.

– A menos que já estejam funcionando.

– Agora você está sendo infantil.

– Agora *você* está sendo infantil.

Friday suspirou.

– Você não entende mesmo, não é? Não lhe restou nada. Cada ponto da sua roupa foi arrancado. Verificamos o cabelo e os ossos. Chegaram até a arrancar a coroa do seu molar para o caso de haver um rastreador ali.

Tony percebeu que vestia um conjunto de moletom preto com listras douradas nas pernas e nos braços.

– Isto aqui é bem maneiro, de um jeito meio que retrô. Posso ficar com ele?

– De todas as perguntas possíveis, escolhe essa? Qual é o problema, Tony? Inseguro demais para admitir que o enganaram?

A observação o atingiu em cheio, mas Tony não permitiu que em seu rosto transparecesse nem sequer uma centelha de insegurança.

– Friday. Suponho que não seja esse seu nome, já que você é real e coisa e tal. Carne e osso, por assim dizer. Diga-me uma coisa, a sua mãe sabe que você anda sequestrando bilionários à noite?

Friday se levantou, no rosto uma expressão de tédio.

– Tudo bem, chefe, se é desse jeito que vai ser. Eu gostaria que você entendesse o que está acontecendo aqui, porque é importante para mim, mas esta missão tem tempo para acabar, por isso, se quer perder tempo com as cenas de Tony Stark, nos vemos mais tarde. – E fez uma saudação sarcástica para o homem que obviamente já não era mais chefe dela, caminhando para os degraus de pedras.

Tony participara de tantas reuniões de estratégia de diretoria de alto escalão que sabia reconhecer um blefe. Portanto, percebendo que Friday estava morrendo de vontade de lhe contar o que estava acontecendo, ele se levantou e lhe lançou um comentário incendiário para arrancar a verdade dela.

– Você não me verá mais tarde, Friday. Você me verá mais *cedo*. E talvez eu precise sustar o seu pagamento.

Friday girou de volta para ele.

– Você é tão idiota de tantas maneiras. Foi vencido, Stark. Admita.

– É esse o motivo disso tudo? Me derrotar? Parece esforço demais. Então, só preciso admitir a derrota e estamos quites?

– Não! – exclamou Friday. – Esta situação toda nunca precisaria ir tão longe. Eu lhe dei uma chance, lembra?

Havia fogo nos olhos da garota, e Tony teve a sensação de que, de alguma forma, conseguira irritá-la, e não era a primeira vez que provocara tal reação numa pessoa. Mas Friday não passava de uma adolescente.

– Eu não conheço você, menina. Nunca nos encontramos.

Ela se irritou ainda mais.

– *Nunca nos encontramos?* Nunca nos encontramos? Nós dois nunca nos vimos antes?

Tony estava genuinamente perplexo.

– Você só fica fazendo a mesma pergunta de maneiras diferentes. Nos conhecemos ou não?

– Eu lhe dei uma oportunidade de se safar disto tudo – disse Friday, os olhos arregalados. – Coloquei um arquivo em suas mãos bem cuidadas. Port Verdé? Isso não faz essa cabeçona vaidosa se lembrar de alguma coisa?

Tony viu uma abertura.

– Você se refere à minha cabeçona *venosa*? Isso acontece porque meu cérebro precisa de mais fluxo sanguíneo do que o normal. Coisa de gênio. – Depois parou com as graças que apenas ele apreciava e ficou sério. – Port Verdé. Ah.

– Sim – confirmou Friday. – Isso mesmo, meu amigo. *Ah.*

– O orfanato. Agora me lembro. Então você deve ser...

Friday bateu palmas em câmera lenta.

– A estagiária. E finalmente caiu a ficha. A névoa se dissipa. O gênio tira a cabeça de dentro do seu...

– Aquela situação não é culpa minha. Nada tive a ver com aquilo – Tony objetou.

– Claro que não – disse Friday. – Port Verdé poderia muito bem ser de outra dimensão no que se refere a Tony Stark. Afinal, o que são vinte meninas órfãs e uma assistente no grande esquema das coisas?

Tony já não estava mais para brincadeiras. Port Verdé fora uma escolha difícil, do tipo que o mantinha acordado à noite.

– Não seja injusta, menina. Considerei com seriedade o seu pedido. Cheguei a falar com a S.H.I.E.L.D. Mas Nick Fury me atirou para fora do escritório dele – explicou Tony, ciente de que Friday perceberia as palavras como uma desculpa esfarrapada.

– Ah, sim, claro – retrucou ela, numa voz que não seria mais gélida mesmo se estivesse usando botas de gelo acomodada no Polo Sul. – Nick Fury disse não. E quando Nicky diz "pule", Tony pergunta "de que altura?" Que monte de merda, *chefe*. Há meses vem executando sozinho várias missões. Planejei algumas delas, mas só para ajeitar a bagunça feita pela Stark, nunca para ajudar pessoas, a não ser você próprio, obviamente.

– A situação é mais complicada – replicou Tony. – Existe um equilíbrio político muito delicado em Fourni. O Homem de Ferro não pode simplesmente invadir o lugar acenando com estrelas e listras. O novo presidente está se esforçando ao máximo para estabilizar o país, e tenho que lhe dar a chance de fazer isso.

– A minha irmã não pode esperar até que o país se estabilize, por isso o Homem de Ferro *irá* até Port Verdé para expulsar a chutes aquela gangue de dentro do orfanato e resgatá-la. Só que, desta vez, Tony Stark não estará atrás do volante porque prefere ir à festa de uma estrela pop.

– Estrela do rock – Tony corrigiu sem pensar, pois algo lhe ocorrera. – Nunca chame Wolf de estrela do pop. Ele começará a uivar para a Lua.

Friday quase perdeu a fala.

– Você não está sequer me ouvindo? Entendeu o que acontece aqui?

Tony voltou à realidade.

– Ok, Friday. Sei que esse não é o seu verdadeiro nome, mas não consigo me lembrar dele agora, portanto, não se ofenda.

– É Saoirse Tory – disse a garota que fora Friday. – *Seer-sha*, a palavra irlandesa para *liberdade*, o que a minha irmã não tem neste momento. Mas logo a conquistará, graças ao seu traje.

Tony agarrou as barras.

– Seer-sha, certo. Lembro-me agora. Escute, Saoirse, essas pessoas, os homens... eles encontraram você, correto? Não aconteceu o contrário.

– Errado! – exclamou Saoirse. – Eu *os* encontrei. Sabia que não poderia fazer isto sozinha. Por isso recrutei uma equipe.

– Você mesma os recrutou? – Tony insistiu. – Pense, menina. É importante.

– Se precisa mesmo saber, *chefe*, recrutei o senhor Chen, que, ao contrário de você, é um verdadeiro filantropo. Ele recorreu aos próprios contatos para chamar os outros três membros da nossa equipe.

Tony se sentiu enjoado. Por um instante, ele tivera esperanças de que tudo aquilo fosse simplesmente uma garota tentando controlar as leis internacionais, mas, de repente, ficou evidente a ação de forças sombrias.

– Saoirse, me escute. Esses caras, eles pouco se importam com a sua irmã. Você sabe que existe uma cúpula do meio ambiente acontecendo a cento e trinta quilômetros daqui. Acha que é pura coincidência?

Saoirse sorriu com arrogância.

– O senhor Chen me disse que você tentaria semear a dúvida na minha mente. Precisamos trazê-lo até aqui, e essa foi a melhor maneira. Eu ofereci você para o show.

– Pensei que fosse um convite do presidente irlandês.

O sorriso arrogante de Saoirse se ampliou.

– Sim, foi isso mesmo o que você *pensou*. Na verdade, o presidente aceitou a sua gentil oferta, chefe.

Tony retribuiu o sorriso.

– Quando você diz *chefe*, parece que está dizendo outra coisa completamente diferente.

– Sempre foi assim – constatou Saoirse.

– Tem absoluta certeza de que a brincadeira da cúpula foi ideia sua?

Saoirse pensou.

– Talvez o senhor Chen a tenha mencionado, mas fui eu que avancei com a ideia. Invadi o seu sistema e armei tudo. Nada funciona sem mim.

– Nada até este momento – comentou Tony. – Por isso precisavam de você.

– Eles precisam de mim porque eu *sou* o plano. Escute aqui, *chefe*, não vou cair nos seus jogos mentais; desista.

Tony empurrou o rosto o quanto conseguiu entre as barras, recebendo um *lifting* facial temporário.

– Menina, estou implorando. Me deixe sair daqui agora, senão ambos estaremos mortos. E isso só pra início de conversa. Esse cara, o Chen, não é quem diz ser.

– Sei *exatamente* quem ele é – replicou Saoirse, com uma expressão arrogante que Tony reconheceu pelas incontáveis fotografias de si mesmo. – Investiguei o passado dos homens infindáveis vezes, está bem? Conheço computadores, Tony. Veja só o que fiz com o famoso SO Stark.

– Você pode conhecer computadores, menina, mas não conhece pessoas.

– Rá! – exclamou Saoirse. – Eu não conheço pessoas? Eu? Você teve uma *pessoa* na sua orelha nos últimos meses e *você* pensou que eu fosse um robô. E vou lhe dizer uma coisa: estou muito feliz de cair fora da sua cabeça. Afinal, já conheci alguns babacas, mas você é o rei deles. Está no topo. Manicures e tratamentos faciais. Nunca conheci ninguém tão fútil.

– Possivelmente seja verdade – admitiu Tony –, mas não é o aspecto relevante agora, menina. Importa neste instante o fato de você ter invadido uma arma muito poderosa, na véspera de uma cúpula do meio ambiente, que talvez mude o mundo.

– Arma poderosa, claro – disse Saoirse, desdenhando da ideia. – É o Pacote de Festa. Em quarenta e oito horas será um lixo bem caro.

– Você pode causar muitos estragos em quarenta e oito horas – comentou Tony.

– Não causarei estrago algum – rebateu Friday. – Simplesmente vou até o orfanato, acabo com aqueles ratos e pego a minha irmã.

Tony acabaria convencendo Saoirse caso duas figuras não tivessem descido até a área do calabouço. Um era o cara do lança-chamas, e o outro, um cavalheiro de óculos de aparência inofensiva, cabelos e barba bem aparados. Este, presumiu Tony, devia ser o filantropo Chen.

– Senhorita Tory, estamos enfrentando alguns problemas com a manopla direita – disse ele, com um leve sotaque chinês. – Ela não quer ligar.

Saoirse franziu o cenho.

– Deveria funcionar; não há dano no sistema.

Tony deu uma gargalhada.

– Ah, claro. Sistema sem danos. Por que haveria? Vocês só me cobriram inteiro de ímãs e me arrastaram pela ilha.

– Consegue consertá-la? – Chen perguntou com tranquilidade.

– Não está quebrada – Saoirse insistiu. – Stark deve estar aprontando alguma.

Chen pareceu tranquilo.

– Consegue consertar?

Saoirse falou de modo bem pausado:

– Senhor Chen, isso é engenharia numa era espacial. Estamos num castelo medieval. Ninguém conseguiria consertá-la aqui, mas, como já disse, não está quebrada.

Vanger se aproximou de Chen, em cujo ouvido sussurrou, encarando letalmente Stark.

– É uma bela cirurgia plástica de nariz essa sua, esquentadinho – comentou Tony. – Deve estar doendo um tanto, não?

Cole Vanger, cerrando os punhos, deu um passo à frente, mas foi detido apenas pelo queixo de Chen apontando para baixo.

– Consegue fazer sem a manopla de Stark, senhor Vanger? – perguntou Chen.

Vanger assentiu, o olhar ainda furioso, e Tony previu que, quando chegasse a sua hora, como tinha certeza de que aconteceria, o cara estaria na frente da fila dos voluntários, fazendo uns acertos finais nos lança-chamas.

– Sim, *chef*, consigo – ele respondeu a Chen. – Pode apostar que sim. Tenho o meu próprio capacete e a minha própria manopla. E, pra falar a verdade, a minha é melhor. Isso só nos poupa tempo.

Saoirse estava um tanto desconcertada.

– Fazer o quê? Sobre o que está falando, Cole?

Chen respondeu de modo apaziguador:

– Nada, minha cara criança. Apenas pequenos detalhes operacionais.

Mas Saoirse percebera a mudança no clima.

– O que está acontecendo, senhor Chen? Cole não precisa de manopla. Só eu voarei no traje.

Chen uniu os dedos.

– Como já disse, criança, apenas pequenos detalhes operacionais.

Stark interveio na conversa.

– Qual é, cara, por que não confessa? Diga à garota que ela tem sido idiota.

Chen sorriu.

– Idiota? Essa criança tem sido idiota? Ela o perseguiu ciberneticamente durante meses. Fez o traje do Homem de Ferro atravessar meio mundo e o deixou inoperante. Com um laptop e um fone de ouvido, conseguiu fazer o que todo hacker do mundo vem tentando há anos. E vem dizer que ela é *idiota*? Se isso for verdade, você é um idiota ao quadrado.

– *Idiota ao quadrado* – repetiu Tony. – Piadas matemáticas. Gostei.

O sorriso de Chen se alargou revelando os dentes brancos.

– Piadas, sim, fico contente. Você em breve me fará ganhar muito dinheiro, senhor Tony Stark.

O balão de Saoirse murchava e assobiava enquanto caía.

– Dinheiro? Do que está falando, senhor Chen?

O sorriso de Chen foi substituído por uma carranca de irritação.

– Cale a boca, fedelha intrometida. Agora é a vez de os adultos falarem. A nossa pequena farsa acabou.

A maioria dos adolescentes insistiria nas perguntas, mas Saoirse Tory entendia muito bem que mais informações não a deixaram mais feliz. Na verdade, ela suspeitava que, quanto mais soubesse como fora ludibriada, mais ludibriada se sentiria.

Por isso correu, desviando-se dos dedos de Cole Vanger, que tentaram segurá-la, mas, infelizmente, caindo direto nos braços de Spin, recém-surgida na rampa.

Spin acomodou Saoirse debaixo de um braço, ignorando os esforços da adolescente de se soltar.

– Suponho que a farsa esteja sendo... Como se costuma mesmo dizer?

– Sim, revelada – afirmou Chen, em seguida suspirando e desabotoando a camisa. Por baixo, um acolchoado moldado que lhe conferia uma aparência corpulenta. – Este é Chen – disse, soltando as faixas de velcro e livrando-se da roupa que o engordava. – O Chen reconfortante, solícito. O Chen que se preocupa com órfãos em Port Verdé. Chen, o filantropo, que permitiu a Saoirse Tory que o localizasse. Chen, que fará qualquer coisa para ajudar a pobre Saoirse Tory a recuperar a irmã. Chen, que está preparado para patrocinar uma missão misericordiosa. Este é Chen.

O homem pareceu mais alto do que antes, o peito musculoso efeitado com uma intricada tatuagem de dragão.

– Não se refira a mim como Chen daqui por diante. – Dos bolsos, o sujeito antes conhecido como Chen pegou dez anéis e os colocou em dedos específicos.

– Lá vamos nós – comentou Tony.

Intensos olhos verdes do homem que fora Chen encararam Saoirse.

– Daqui por diante – disse ele –, você deve me chamar de Mandarim.

– Droga – praguejou Tony, deslizando para o chão da sua cela. – Estamos ferrados.

4
TEORIA DOS JOGOS

Qual é a história, Saoirse Tory?

A pergunta perseguira Saoirse na escola desde os cinco anos. Graças à educação em casa providenciada pelo avô na ilha particular deles, a precoce Saoirse já era capaz de ler quando aterrissara na escola em Kilmore, saída de Little Saltee, o que lhe dera a reputação de uma espécie de M.O.D.O.K.[3] A professora lhe perguntava "Qual é a história, Saoirse Tory?" toda vez que os colegas de classe do continente não conseguiam responder a uma pergunta, o que era frequente. Se não tivesse sido o primeiro ano de trabalho da jovem professora recém-formada, talvez ela previsse que os outros alunos transformariam sua pergunta carinhosa em insulto.

---

3 M.O.D.O.K. (Mental Organism Designed Only for Killing; em português, Organismo Mental Desenvolvido Apenas para Matar) é um personagem fictício das histórias em quadrinhos publicadas pela Marvel Comics. É um supervilão que apareceu pela primeira vez em "Tales of Suspense #93", de 1967. (N.T.)

"Qual é a história, Saoirse Tory?" se tornou um bastão para acertar Saoirse sempre que ela se prontificava a responder a uma pergunta ou até mesmo a corrigir a professora.

Portanto, foi uma infelicidade quando Tony Stark recorreu à mesma pergunta enquanto estavam sentados lado a lado no chão na cela, ambos prisioneiros.

– E então, menina. Saoirse Tory, certo? Pois então me diga: qual é a história, Saoirse Tory?

Saoirse gemeu.

– Nunca ouvi essa antes.

– Ei, estou meio sem prática, está bem? Uma adolescente sabe-tudo foi enganada pelo terrorista assassino mais notório do planeta e cá estou eu, numa cela.

– Você foi enganado antes, *chefe* – replicou Saoirse.

Tony discordou.

– Tecnicamente, se pensar bem, você foi enganada primeiro.

– Digamos que ambos fomos enganados. Um de nós tem que agir com maturidade.

– Tanto faz, bobona – Tony disse com muita maturidade.

Os dois permaneceram sentados em silêncio por alguns minutos, concentrando seus cérebros notáveis no problema de estarem em cativeiro por obra de um notório assassino. Quando Saoirse não conseguiu encontrar uma saída imediata, virou-se para Stark e disse:

– Vá em frente, pode me perguntar.

– Perguntar o quê?

– Você sabe o quê. Está morrendo de curiosidade.

Tony estava *mesmo* morrendo de curiosidade, então perguntou:

– Tudo bem, garota. Conte de uma vez. Como conseguiu? Durante anos pessoas têm tentado invadir o sistema do Homem de Ferro. É sempre assim. Departamentos inteiros de governos se dedicaram a isso, e aí uma adolescente irlandesa gerencia tudo a partir de uma ruína antiga numa ilha. Não consigo acreditar que você seja tão inteligente assim, portanto, como conseguiu?

Saoirse, que na verdade estava morrendo de vontade de contar na mesma intensidade com que Tony queria saber, disse:

– Primeiro, *sou* inteligente o bastante para montar o meu próprio centro de operações na ilha. E, segundo, usei uma coisa chamada teoria dos jogos. Já ouviu falar nela, chefe?

– Claro – respondeu Tony. – Teoria dos jogos. O estudo das tomadas de decisões estratégicas. John Nash. Recebeu o Prêmio Nobel, certo?

– Ele mesmo. Bem, expandi as suas teorias.

– Você expandiu as ideias de John Nash?

– Sem grandes dificuldades. De toda forma, simplificando...

– Muito obrigado. Aprecio isso.

– Simplificando, para resolver uma equação ou um problema, às vezes você precisa ir atrás dos elementos que ainda não estão à disposição e esperar.

Tony estapeou a própria testa.

– Claro! Você foi direto atrás da Friday.

– Precisei trabalhar como estagiária por um mês e fazer um montão de espionagem, mas, no fim, descobri que você armazenava as inteligências artificiais no seu laboratório particular.

– Então foi me procurar uma noite.

– Aquela noite fui procurá-lo com a proposta sobre Port Verdé. Lembra como fiquei triste quando se recusou a me ajudar?

– Lembro. Garotas sempre choram perto de mim. Não entendo por quê.

– Buá. Eu estava tão devastada que precisei usar o seu banheiro.

– Ao lado do laboratório – completou Tony.

– Isso. A planta da sua casa pode ser encontrada na internet, sabia? E o sistema de segurança é bem básico. Por isso, congelei as câmeras, aumentei a calefação para enganar os sensores térmicos e roubei o disco da Friday que estava, acredite ou não, bem em cima da escrivaninha.

Tony fez uma careta.

– Bem em cima da escrivaninha, é? Em retrospecto, quanto descuido.

Ele se lembrava daquela noite, alguns meses atrás... Uma rara noite chuvosa para a Califórnia, com nuvens baixas retumbando ao longo de toda a superfície do Pacífico. Tony estava quase indo se deitar quando a estagiária do ensino médio nas Indústrias Stark aparecera nos portões implorando-lhe dez minutos de atenção. Por isso ele permitira a ela que entrasse e lhe contasse o plano de o Homem de Ferro voar até Port Verdé, em Fourni, para expulsar a gangue de piratas do orfanato para meninas nos limites da cidade. E, uma vez estando lá, quem sabe ele resgataria a irmã dela?

Mesmo com o coração partido, Tony Stark não poderia interferir na época; o novo presidente vinha fazendo progressos reais em Fourni, e de nada serviria o Homem de Ferro intervir antes que o líder levasse o plano adiante. Portanto, ele gentilmente recusara o pedido da estagiária e chamara um Uber a fim de que retornasse para casa. A coitadinha, muito desolada, chorara demais no banheiro do porão.

Pois é, chorou de mentirinha enquanto roubava o conteúdo do meu disco.

– Admito que você foi muito convincente, garota – ele disse. – Chorou pra valer.

– Nem *tudo* foi falso – replicou Saoirse. – A minha irmã era prisioneira. Ainda é.

– Então você voltou para casa e esperou que eu ligasse a Friday ao traje.

– Exato. Mas, na verdade, você estava *me* ligando ao traje. E nunca suspeitou de nada. Tony Stark de fato acreditou que o programa andava evoluindo, uma crença bem ridícula, considerando-se que é uma droga. De fato, fiz algumas melhorias.

– Não se dê tanto crédito assim, menina – disse Tony, ferido pelo golpe da palavra "droga". – Mesmo assim foi pega pelo Mandarim e seus homens alegrinhos.

– Verdade – admitiu Friday. – Acho que estou me sentindo tão estúpida quanto você deve estar também se sentindo. Decepcionei a Liz, decepcionei o meu avô, e imagino que acabei entregando o Homem de Ferro às mãos erradas.

Tony riu.

– Você está pegando leve demais consigo mesma, Saoirse. *Definitivamente* entregou o Homem de Ferro às mãos erradas, isso é *certo*. Ouviu o Mandarim, não ouviu? O mais infame terrorista operando nos dias de hoje. Toda explosão dos últimos vinte anos tem o dedo do sujeito, que não dá a mínima para danos colaterais. Na verdade, quanto mais mortos, melhor. Faz uma década que estou no rastro dele. Cheguei perto algumas vezes, mas o homem sempre conseguiu escapar.

– Eu só queria salvar a minha irmã – afirmou Saoirse. – Minhas intenções eram boas.

– É o que todo idiota insensato diz.

– Olha só quem fala, idiota.

Então a conversa acabou, pois os dois ali na cela perceberam a futilidade dos insultos mútuos. A questão real envolvia a confusão em que estavam metidos, e pensar na história toda como *confusão* era um tanto otimista. Parecia mais um caldeirão de terror e perigo mortal, e era pouco provável que qualquer um dos prisioneiros escapasse ileso. Além do mais, soava bem óbvio que outros morreriam.

O clima ficou decididamente mais soturno quando as luzes do porão foram apagadas, restando apenas o brilho sinistro dos monitores de segurança tremeluzindo nas paredes. Tony deve ter cochilado por um tempo porque, quando Saoirse começou a falar com suavidade, pareceu que a comunicação ocorria em sonhos:

– Vovô cuidou de nós aqui. De mim e da Liz. Todos já haviam deixado a ilha, e ficamos apenas nós três. Meu avô era especial. Acho que teria gostado dele, chefe. Um exibicionista, exatamente como você. Nós o chamávamos de Velho Marinheiro. Mas na realidade se chamava Francis. Francis Tory. Ele tinha planos para esta ilha, que se transformaria numa utopia ecológica. Com energia dos ventos e das ondas. Totalmente autossustentável. Planos grandiosos. Crescemos acreditando nisso. Depois de alguns anos, a escola já não dava mais conta da gente, então o vovô nos educou em casa. Ele nos mostrou como éramos privilegiadas morando aqui, e como era nosso dever ajudar os menos afortunados. Angariei fundos para o Lar das Meninas de Port Verdé, mas não foi o bastante para Liz. Minha irmã é uma heroína de verdade, chefe, se um dia quiser conhecê-la. Nenhum traje de metal, nenhuma mágica. Ela simplesmente foi até Fourni com a Cruz Vermelha para cuidar daquelas meninas. Consegui o dinheiro e ela garantiu que cada centavo fosse gasto com sabedoria.

Tony manteve os olhos fechados.

– E então? – ele perguntou. Sempre tinha que existir um "e então" nesse tipo de história.

Saoirse ficou quieta por um longo tempo, mas Tony pensou ter ouvido uma fungada, e isso o lembrou de que, por trás de toda aquela inteligência e bazófia, Saoirse Tory ainda era uma criança.

– E então... – disse ela. – E então tudo deu errado. Uma gangue local tomou conta do orfanato e manteve Liz como enfermeira particular. Vovô e eu tentamos todos os canais oficiais para tirá-la de lá, mas ele estava velho, e tanto desgaste foi demais para o seu pobre coração. Meu avô morreu há um ano, e eu sabia que seria colocada no acolhimento provisório para crianças e jamais poderia ajudar a Liz. Então, enterrei Francis Tory na horta que ele amava e construí um avatar digital do vovô para convencer as pessoas no continente de que ainda estava vivo.

– E isso lhe deu a ideia de sequestrar a minha IA.

– Sim. Pensei primeiro em apelar para o seu lado humano, mas você me rejeitou. Estava desesperada.

Tony sentia dificuldades em continuar aborrecido com Saoirse Tory, embora ela muito provavelmente tivesse condenado a ambos. A garota, além de inteligente, tinha iniciativa de sobra. Também era capaz de desferir belos insultos, uma coisa que ele sempre apreciara.

Sentou-se mais ereto e encarou Saoirse nos olhos.

– Muito bem, menina. Todos temos problemas familiares. Mas agora preciso que você enterre essa história toda e a deixe apodrecer por enquanto. Será bem saudável, não acha?

– Como isso tem funcionado com você, filhinho do papai?

– Muito bem. Sou um playboy filantropo bilionário e assim por diante. Mas, preste atenção, logo o Mandarim vai perceber que não é uma ideia brilhante encarcerar dois cérebros como os nossos no mesmo lugar, então vai entrar aqui, se gabar um pouco, e em seguida provavelmente me arrastará para fora. Você, eles a manterão viva até o fim da missão. – Tony mudou de posição, segurando Saoirse pelos ombros. – O que quer que aconteça, não desista. Eles lhe dirão que estou morto, mas não acredite. Tony Stark tem alguns truques escondidos na manga. Meu querido pai, com quem tive muitos conflitos, certa vez me disse para jogar com as cartas junto ao peito. "Nunca conte os seus segredos", ele me falou. Portanto, tenho algumas coisas que nem a Friday conhece, entendeu?

Saoirse assentiu.

– Você não está morto – ela disse.

– Isso mesmo, e nem você. Vamos lutar até o fim. Vamos usar nossos imensos cérebros. Esta é a sua ilha, lembre-se disso, portanto, se conseguir se libertar, os sujeitos jamais a encontrarão.

– Verdade, não me encontrarão.

– Encontre um modo de entrar em contato comigo para que eu volte e a resgate.

– Ou eu posso resgatá-lo.

Tony quase disse "Sim, claro, porque até agora você se mostrou uma excelente salvadora", mas, ponderando que seria um golpe muito baixo, conteve-se e falou:

– Claro, vai sonhando.

Saoirse deve ter lido o pensamento no rosto de Tony, porque se retraiu como se tivesse sido atingida e se afastou para um dos cantos da cela, onde se curvou como um animal ferido.

O Mandarim apareceu ao amanhecer com Leveque a reboque e, conforme Tony previra, o *chef* estava com vontade de se vangloriar.

– Olá a vocês dois. Chegou o dia em que eu, o Mandarim, assegurarei a minha reputação como o maior agente do caos que o mundo já conheceu.

Tony esfregou os olhos.

– Nada de ovos esta manhã, meu jovem. Apenas um bule de café bem forte. A noite foi dura.

O Mandarim andou diante da cela como um general se dirigindo à tropa.

– Não, Stark. Você não pode mudar a realidade com seus gracejos pueris americanos. Na verdade, se me interromper de novo, mandarei Freddie dar uma descarga elétrica na garota.

Leveque se eriçou com sadismo quase evidente. Ali estava um cara que pisaria num filhotinho de cachorro, e Tony notou que ele usava a manopla do Homem de Ferro.

– Talvez eu dê um *choquê* na *meniná* de uma vez *porrr* todas – disse ele.

O Mandarim simulou uma expressão de sofrimento.

– Por favor, *monsieur* Leveque. Não aplicamos choque em crianças a menos que seja necessário.

Tony se posicionou entre Leveque e Saoirse, como se pudesse salvar a jovem.

– Você vai atrás dos representantes do meio ambiente, certo, Mandarim? É essa a jogada?

O Mandarim cruzou as mãos.

– Sim, claro, é essa *a jogada*. O senhor Vanger voará até o centro de convenções e torrará o local com seus preciosos lança-chamas. Substituímos a manopla por uma das dele, e o capacete é projeto nosso, em razão do tamanho extraordinário do crânio do senhor Vanger. Mas já havíamos previsto isso.

– Você jamais conseguirá passar pelo sistema de segurança – constatou Tony. – Eles atirarão no sujeito ainda no céu.

– Acredito que não – retrucou o Mandarim com arrogância. – Todos os protocolos estão armazenados a bordo e, felizmente, a senhorita Tory destravou a segurança.

Tony desejou encontrar um jeito de furar a bolha de presunção do Mandarim, mas parecia que era o terrorista quem dava as cartas ali. O Centro de Convenções de Dublin checaria parcialmente o traje que estava umas duas décadas à frente do equipamento deles e depois acolheria o Homem de Ferro com barricadas abertas e segurança acionada.

– A verdadeira genialidade deste plano é o pagamento – prosseguiu o Mandarim. – E não será monetário. Não. A minha recompensa irá muito além do que o mero dinheiro.

– Poder – deduziu Tony.

– Exato – confirmou o Mandarim. – Reuni provas contra cada indivíduo que um dia encomendou os meus serviços. Quando a missão estiver finalizada, praticamente serei o detentor dos novos representantes do meio ambiente de diversos países. Eu, o Mandarim, controlarei o destino do meio ambiente mundial e contratarei as empresas para saneá-lo.

– Dominação mundial por meio do sistema de esgoto – disse Tony. – Uma novidade.

O Mandarim recebeu o sarcasmo como elogio.

– E essa não é a única faceta nova do meu plano. Subverti os protocolos normais de contratação de assassinos ao fabricar os alvos, uma lição de negócios que aprendi com o seu pai. À revista *Time* ele disse: "Às vezes, a oportunidade não existe, e por isso você deve criá-la".

Tony se lembrava da fala do pai. Era uma das frequentes, juntamente com: "Somos Stark, Titãs do mundo moderno" e "Que diabos você está usando, Tony?".

– Você criou os alvos?

– Exatamente – respondeu o Mandarim. – Assim que resolvi os alvos de extermínio, fiquei imaginando quem eu queria que os matasse. E, acredite em mim, senhor Tony Stark, representantes do meio ambiente têm muitos inimigos. Meu pequeno grupo receberá crédito de favores de duas grandes empresas de motores, uma madeireira multinacional, uma gigante farmacêutica, políticos rivais... Ah, duas esposas enraivecidas, só para citar alguns exemplos. Um representante em particular, acredito que seja o sueco, tem três prêmios pela sua cabeça. Menino levadinho. E cada cliente meu acredita ser o único. Como vocês americanos diriam, um tremendo de um bom negócio. E toda a culpa recairá no senhor.

– Não que eu esteja vivo para ter que carregar esse fardo – deduziu Tony.

O Mandarim remexeu os dedos, e Tony viu o próprio anel de formatura reluzindo em meio aos dez de propriedade do Mandarim.

– Precisamente – disse o terrorista. – Homens mortos não podem negar nada.

Coisa bem desagradável de ouvir quando o dedo do terrorista está apontado na sua direção.

5
UM GÊNIO E UM IDIOTA

O Mandarim obrigou que arrastassem Tony para o pátio, as mãos algemadas lançadas com crueldade atrás das costas. O sol aparecia em meio aos rochedos da parte mais ocidental da ilha, e as gaivotas guindando em voos matutinos assemelhavam-se a facas recortando o céu. Era difícil para Tony acreditar que tanta coisa acontecera numa única noite e o mundo ainda parecesse o mesmo naquela manhã.

O Mandarim estava em pé no centro das pedras, despido até a cintura, executando o que parecia uma combinação de tai chi com dança de discoteca, que Tony, por conta da sua natureza impulsiva e atrevida, não conseguiu evitar o comentário de que desconfiava que tais movimentos acabariam custando caro ao homem.

– Ei, Mandarim – Tony disse, depois que Leveque o forçara a se ajoelhar. – Dá pra ver pelo seu andar que é um defensor das mulheres, sem conversa fiada.

O Mandarim refletiu um pouco enquanto concluía a sua rotina.

– Isso é geralmente verdadeiro – ele comentou, curvando-se para Tony. – Todavia, considero que dispensar um tempo para conversas beneficia um relacionamento. Mas sinto que está me ridicularizando, então...

O Mandarim ergueu uma sobrancelha fina e Leveque socou com força a nuca de Tony.

– Ora, ora, Freddie – repreendeu o homem. – Não seja tão severo, por favor. O senhor Tony Stark precisa de disposição para as atividades matutinas. Não desejo que ele alegue que tive uma vantagem injusta.

Apesar do golpe violento, a boca de Tony continuou tagarelando:

– Ei, Mandarim. É só Mandarim mesmo? Como o Prince ou a Beyoncé? Ou posso chamá-lo de Mandy?

O Mandarim se agachou diante dele.

– Seu pai conheceria meu sobrenome, visto que, por assim dizer, éramos o equivalente asiático dos Stark. Mas os comunistas, cobiçando o poder da minha família, nos privaram dele com violência. Desde aquele dia sempre lembro aos governos a fragilidade das suas posições.

Tony tossiu sangue nas pedras.

– Belo discurso de justificativa, Mandy. Eu costumava fazer a mesma coisa diante do espelho. Mas nunca no mundo real... Seria estranho.

Se Stark desejasse irritar o inimigo, então acabou desapontado. O Mandarim se limitou a bater palmas e abrir um amplo sorriso.

– Tony Stark, de alguma forma você é um gênio e um idiota ao mesmo tempo. Não existe vantagem alguma nesses, como vocês, americanos, dizem, *gracejos*. O único resultado disso é que vou enfraquecer o seu corpo antes do combate que se aproxima.

– Não gostei dessa palavra – disse Tony.

O Mandarim deu de ombros.

– *Combate*? Sinto muito, mas é inevitável.

– Não. A outra palavra: *gracejos*. Aquilo foi um material muito bom. Coisa classuda.

O Mandarim se ergueu, os joelhos rangendo.

– Estou vendo como vai ser, Stark. O idiota está no comando. Uma pena, considerando-se que o gênio teria alguma serventia para você esta manhã.

Leveque, agarrando um punhado dos cabelos de Stark, puxou a cabeça dele para trás.

– *Esté* riquinho não é nada sem seu *brrrinquedinho* de metal – murmurou ao ouvido de Tony. – Isto não *serrá* uma competição, *chef*. *Serrá* uma *carrnificiná*.

O Mandarim se alongou, esticando os dedos para cima como se fosse furar o céu.

– Esperemos que assim seja, Freddie. Afinal, estamos correndo contra o tempo.

Tony, depois de decidir que o Mandarim já o via como um perfeito idiota, fez algumas perguntas pertinentes:

– E então? Agora vamos lutar até a morte, certo?

– De fato esse é o caso – respondeu o Mandarim. – Sei que seria mais sensato financeiramente pedir um resgate à sua empresa, mas você é um detalhe meio inexplicável lá.

– Então precisa dar um jeito em mim, correto?

– Precisamente.

– Alguma coisa a ver com respeito? – Tony perguntou. – Precisa mostrar para a sua equipe que ainda está no comando, não é?

O Mandarim assentiu.

– Sim, sim, isso mesmo. Uma explicação simplista, mas perfeita. A estrutura de poder no mundo onde escolhi viver não é nada democrática. Baseia-se no medo. Os homens me obedecem porque me temem, e porque lhes pago uma soma exorbitante. Mas o medo é o fundamental.

Tony se livrou dos efeitos do golpe de Leveque e ficou de pé.

– E agora você sente que precisa devorar o meu coração, por assim dizer, e roubar o meu poder.

– Não funciona bem desse jeito – retrucou o Mandarim de modo direto. – Mas, simbolicamente, sim. Dizimo meus inimigos e absorvo pelo menos suas reputações, o que faz a minha crescer. – Ele suspirou. – Acabou se tornando uma tradição cansativa com esse grupo que eu persiga o refém ao fim de cada operação. Quando a vida desaparecer do seu corpo, não será nada pessoal, entende? Na verdade, preferiria lhe dar um tiro na cabeça agora e poupar a ambos o esforço.

– Vou me lembrar disso – Tony afirmou em tom seco. – Então, como agiremos? Um combate aqui mesmo?

Tony desejou muito que não. Sentia-se exausto e faminto, e o Mandarim parecia em excelente forma, descansado e pronto, a pele brilhando como se tivesse acabado de sair da sauna.

– Não, não – respondeu o Mandarim. – Se assim fosse, não haveria qualquer espírito esportivo, e meus ancestrais foram todos caçadores. Eu mesmo consigo matar um rouxinol a cem passos de distância com arco e flecha.

Lembro-me de ter ficado decepcionado quando li aquele livro americano.[4] Achei o título muito enganador. Não, acabar com você aqui seria definitivamente antiesportivo. Eles me esperarão no barco enquanto persigo você pela ilha. Depois que o matar e exibir sua cabeça como prova da minha vitória, poderemos continuar o nosso caminho. Com a tradição cumprida e a lealdade assegurada.

– Fico feliz em ajudá-lo na sua missão – disse Tony com espirituosidade. – Mas me diga uma coisa, amigão: o que acontecerá se eu apresentar a *sua* cabeça no cais? Os seus homens me deixarão partir?

O Mandarim escondeu um sorriso suave por trás da mão.

– Ah, sim, Tony Stark. Imagino ser possível que você triunfe. Nesse caso, simplesmente terá conseguido apenas alguns poucos minutos até que meus homens acabem com você como vingança por terem perdido a fonte de renda deles. Então, se quiser sair desta ilha, terá de matar a mim e depois ao meu pequeno grupo de soldados.

– Maravilha – disse Tony. – Uma situação em que eu só perco. A minha favorita.

As coisas pareciam mesmo ruins para Tony Stark. Ninguém a não ser um idiota apostaria contra o terrorista Mandarim naquela briga de galo, um sujeito em forma e descansado. Talvez Stark tivesse a vantagem da idade, alguns poucos anos, mas, francamente, a julgar pelas aparências, os homens do Mandarim nem sequer se surpreenderiam se ele arrancasse a cabeça de Stark do pescoço usando apenas as mãos. Uma situação típica de Davi e Golias, só que em versão moderna: Davi não tinha uma funda escondida no bolso.

---

4 Referência ao livro *To Kill a Mockingbird*, de Harper Lee, lançado em 1960 e cujo título no Brasil é *O Sol é para todos*. (N.T.)

Stark não parava de pensar na sua iminente decapitação.

– Ei, Mandy, está planejando arrancar a minha cabeça com seus lindos e perolados dentes ou vamos ter algum tipo de arma?

– Armas, claro – respondeu o Mandarim. – Lâminas afiadas para nós dois. Sabres prussianos. De longe a minha arma predileta.

– Um tanto injusto – comentou Tony. – O meu instrumento perfurante predileto são as agulhas de tricô. Não arrancam cabeça, mas me garantem algumas horas extras e ainda me permitiriam tricotar um lindo colete.

O Mandarim remexeu os dedos de modo que os anéis captaram a luz solar.

– Considere-se com sorte por serem apenas sabres, Stark. Se eu ativasse meus anéis maravilhosos, eu o mataria de maneiras horrendas.

– Provavelmente não notaria depois da primeira vez.

O Mandarim chegou a bocejar.

– Esse seu lado idiota é entediante, Stark. Mas compreendo. As pessoas lidam com mortes iminentes de modos diferentes, mas, no fim, imploram pela vida. Você também implorará.

– Duvido, Mandy – Tony disse, a voz determinada. – Enfrentei clientes piores que você. Meu bom e velho pai, por exemplo.

O Mandarim retirou os anéis dos dedos – todos, exceto o de Tony – e os entregou a Leveque para que os guardasse.

– Eu esperava algumas palavras finais mais significativas – comentou ele em tom genuinamente desapontado. – Mas percebo agora que está determinado a se ater à sua encenação de cowboy até o fim. Tão americano!

– Lamento desapontá-lo, Mandy – disse Tony. – Mas minha mente está ocupada com coisas mais importantes do que encontrar palavras de sabedoria para as lembranças de um terrorista.

– Muito bem, Tony Stark. Eu me lembrarei de você como um idiota até o fim, se é assim que deseja.

Tony subitamente se cansou da "encenação de cowboy". Afinal, não estava servindo para irritar o Mandarim como desejava. E irritar alguém é importante porque pessoas furiosas tendem a tomar decisões precipitadas. Mas, se o desejado nível de raiva não é atingido, então o *provocador* está apenas desperdiçando o fôlego.

– Muito bem, Mandarim. Apenas me passe as instruções e vamos logo acabar com isto. Nós dois temos uma agenda cheia. Você precisa explodir uma cúpula, e eu tenho uma para salvar.

O Mandarim gargalhou com vontade, batendo palmas num louvor de deboche.

– Ah, meu caro Tony Stark. Salvar uma cúpula? Nem sequer consegue salvar a pobre e ingênua Saoirse. E tem apenas uma chance mínima de salvar a si mesmo.

– Instruções – Tony insistiu. – Vamos a elas. Se a luta será justa, vai pelo menos tirar minhas algemas?

– Freddie as tirará – o Mandarim confirmou. – Depois disso, você poderá fazer alguma coisa estúpida e levar uma bala aqui mesmo, ou poderá prosseguir para o pico mais a oeste, a dois quilômetros daqui. No pico, há um antigo trono de pedras, o trono do rei. E nele, uma muda de roupas, comida e água o aguardarão, e, claro, o seu sabre. Eu o encontrarei depois de uma hora para o nosso duelo. Um plano à prova de idiotas. Muito bom, já que acabei conhecendo-o.

Tony assentiu lentamente, absorvendo as instruções e ignorando a alfinetada.

– Dois quilômetros a oeste. Suprimentos e arma num trono de pedra. Uma hora a partir de agora ou uma hora depois que eu chegar ao trono de pedra?

– Uma hora a partir de agora – esclareceu o Mandarim. – Como você mesmo disse, Tony Stark, ambos temos compromissos. Se não estiver me esperando no trono de pedra, então soltarei meus cães de combate contra você, pois uma caçada matutina seria de fato um prazer.

O bilionário encarou o Mandarim, inconscientemente fechando e abrindo as mãos enquanto o fitava. Rhodey, o bom amigo de Tony, batizara de Hora da Verdade, ou seja, aquela expressão facial de quem está preparado para fazer o que precisa ser feito. A hora da diversão finalmente chegara ao fim.

Freddie Leveque ergueu os pulsos de Tony atrás das costas, inflingindo-lhe um último castigo sádico de dor antes de abrir as algemas. Tony sentiu os dedos da manopla do Homem de Ferro dolorosamente próximos da sua mão. Ainda bem que os servomotores não estavam operantes, ou seus metacarpos teriam se partido.

– Corra, pequeno *bilionárrrio* – disse Leveque, girando a chave. – *Allez vite!*

E Tony nem mesmo perdeu tempo com uma réplica astuta. Simplesmente seguiu cambaleando pelo pátio em direção a um caminho serpenteado adiante, e, à medida que as pernas cansadas iam relaxando, seu tropegar se transformou numa rápida corrida.

Dois quilômetros em terreno irregular demorariam uns quinze minutos. Portanto, teria em torno de quarenta e cinco minutos para encontrar o homem com a espada grande.

6
AH, MANDY

No fim das contas, Tony superestimara a sua velocidade a pé, pois levou quase vinte e cinco minutos para chegar ao trono de pedra. O Mandarim se esquecera de mencionar que os últimos quinhentos metros do trajeto envolveriam uma subida íngreme, passando por rochas soltas e escorregadias pelo jorro da água do mar àquela altitude.

A cada escorregada, Tony xingava o terrorista, mas seguia, ciente de que aquela luta não era apenas dele. Tratava-se do futuro do meio ambiente. Caso o Mandarim fosse bem-sucedido e matasse os diversos representantes, apenas passadas décadas um grupo semelhante voltaria a se reunir, e então talvez fosse tarde demais para salvar as geleiras do Ártico e a camada de ozônio, só para mencionar dois problemas, o que representaria a extinção de dezenas de espécies e o deslocamento de milhões de pessoas. Por mais trágicos que esses cenários parecessem naquele momento, Tony precisava se concentrar na imediata perda de vidas decorrente da descida do seu traje modificado de Homem de Ferro na cúpula.

O trono de pedra levou a mente de Tony para a Inglaterra do rei Artur, ou melhor, o trono de Artur provavelmente seria do mesmo jeito se alguém o tivesse deixado exposto aos elementos ferozes, uma vez que Artur levou um golpe no crânio, desferido pelo sobrinho Mordred lá nos idos do século VI. Talvez no passado aquele trono tivesse sido um símbolo impressionante de poder, mas estava gasto, restando apenas um naco da sua forma antiga.

– Sei como você se sente – Tony disse ao assento, exibindo uma centelha da sua antiga presença de espírito, apesar de não haver ninguém por perto para ouvir. E pensou que seria bom repensar essa coisa de falar sozinho porque, se Friday não estava mais no ouvido dele, então não passava de um cara maluco resmungando para si mesmo.

O trono, entalhado num pedaço de rocha num passado longínquo, estava decorado com uma barra longitudinal de espirais e pictogramas celtas que, sem dúvida, um dia se destacaram em alto relevo, mas que naquele instante se dissolviam lentamente, erodidos pela névoa e obscurecidos pelos dedos do musgo. No assento, repousava um pacote numa bolsa da famosa Cruz Vermelha, toscamente incrementada pelo símbolo do dragão tatuado no peito do Mandarim. Ao lado do pacote, reluzindo à luz do sol, jazia uma espada longa.

Gigantesca, pensou Tony. *Talvez eu nem sequer consiga suspender essa coisa, quanto mais girá-la com força suficiente para arrancar a cabeça do cara.*

Tony atravessou a clareira e rasgou o pacote, encontrando algumas embalagens de comida selada a vácuo e água engarrafada.

Stark girou a tampa da garrafa e levou-a aos lábios, mas então, antes de beber, algo lhe ocorreu e fez uma pausa.

– Mandarim – disse ele –, apenas sei a seu respeito que não joga limpo com amigos nem com inimigos. Então fico pensando que defeito de personalidade em particular está se manifestando hoje. – E depois continuou: – Tony, meu bem, pare de falar sozinho. O povo vai acabar pensando que você é louco.

Uns trinta minutos mais tarde, o Mandarim surgiu numa caminhada tranquila até a clareira para encontrar Tony descansando no trono, balançando o resto de água na garrafa.

– Ah, Mandy – disse Tony. – Você veio.

O sorriso do Mandarim estava meio forçado. Apesar de determinado a continuar cortês, aquele americano estava testando a paciência dele. Mas alegrou-se ao vislumbrar a lâmina do seu sabre atravessando a coluna de Stark.

– Senhor Stark – disse o Mandarim –, chegou a hora. Espero que o idiota dentro de você tenha solicitado uma pausa para permitir que o seu lado sério faça as pazes com o deus de sua escolha.

Tony se levantou e fez um pouco de alongamento.

– Sabe de uma coisa, Mandy? Estou me sentindo melhor. Muito melhor. Talvez a água tenha poderes mágicos de recuperação.

– Não creio – retrucou o Mandarim, com um rápido sorriso afetado que não passou despercebido pelo seu oponente.

– Não me elimine assim tão precocemente, Mandy – disse Tony, erguendo a espada com esforço evidente. – Ainda posso surpreendê-lo.

O Mandarim girou o sabre como se pesasse o mesmo que uma pena.

– Uma bravata já esperada. Na verdade, psicologia básica. O oponente fraco demonstra arrogância na esperança de desconcertar o inimigo. Tudo em vão, infelizmente, senhor Stark.

– Valia a pena tentar – replicou Tony. – Mas ainda acrescentaria que, além da coisa desconcertante, também faz o outro perder tempo.

O Mandarim assumiu uma posição de combate.

– Certamente uma tática estranha, considerando-se o fato de que o Homem de Ferro logo será visto matando sete representantes do meio ambiente, e você será responsabilizado pelos assassinatos.

Essa observação pareceu provocar-lhe uma reação. Tony Stark de repente atacou com considerável velocidade o Mandarim, forçando-o a executar um hábil golpe de defesa e pular para o lado quando o sabre de Stark passou zunindo onde a cabeça do sujeito estivera recentemente.

– Muito bem, meu velho Stark – cumprimentou o Mandarim. – Encontrou um pouco de disposição.

Parecia que Tony desistira de falar. Girou e se lançou numa nova ofensiva, com os tendões do pescoço sobressalentes quando ergueu a espada e atacou o Mandarim. Não foi um ataque elegante, porque Tony jamais treinara com um sabre, mas conhecia os princípios básicos da esgrima graças às diversas lições com Friday, que estudara os métodos de ensino de David Abramovich Tyshler, reconhecido como o maior instrutor de esgrima da história recente. Por isso Tony manteve o peso baixo e não reagiu com excessos, mas, mesmo recorrendo a essas duas táticas elementares, a superioridade do Mandarim era evidente.

Assim, bloqueou a lâmina de Tony com a própria, provocando o choque dos sabres e centelhas em razão do contato.

– Rá! – exclamou o terrorista. – Muito bom.

A ponta da espada de Tony cravou a terra, e Stark demonstrou agilidade de pensamento ao tirar uma das mãos do cabo e socar o adversário no rim. Se fosse um treino, Tony teria acompanhado o movimento oportunista com uma observação do tipo "Gostou disso, Mandy?", mas estava em modo de combate. Além disso, uma fala desse tipo definitivamente estaria em último lugar numa lista de comentários sem graça.

O Mandarim grunhiu e deu meio passo para o lado, parecendo pouco perturbado.

– Bom – repetiu. – Muito bom, senhor Stark. Enfim, um tanto de competitividade.

Stark usou o instante livre para arrancar a espada do chão e acertar o rim do Mandarim de novo, dessa vez com o cabo do sabre. Foi recompensado com o grunhido escapado entre os dentes do oponente, e nenhum elogio falso. Ferira o inimigo.

Mas o Mandarim, recuperando-se com rapidez, apertou o cotovelo no corpo para proteger o rim machucado e, girando o outro braço com a espada invertida, fez a lâmina sibilar ao cortar o ar, e não só o ar; o ombro de Tony foi rasgado até o osso antes que conseguisse se esquivar do aço letal.

– Rá! – exclamou o Mandarim, exultando diante do primeiro sangue derramado. – E o fim começa.

Tony cerrou os dentes contra a quase insuportável dor. O ombro parecia um punhado de carne crua latejante, e o sangue fluía livremente pelo braço. Sabendo que o corte sozinho poderia matá-lo se desmaiasse em função da hemorragia, continuou a atacar, batendo com firmeza o cabo da espada no queixo do Mandarim. O terrorista despencou, mas, assim que o traseiro resvalou na terra, se ergueu de novo, livrando-se do efeito do golpe como um cachorro se livra da água no pelo.

– Sinto que isso já basta – disse ele. – Vamos acabar com esta coisa toda.

– Sim – concordou Tony. – Vamos.

Os dois homens atacaram, espadas erguidas e depois abaixadas com um propósito letal. As lâminas se chocaram cinco vezes. Depois uma dúzia. Uma cena de brutalidade medieval sem esperanças de misericórdia.

No entanto, com a mesma rapidez com que começou, o combate parecia chegar ao fim. A troca de golpes possivelmente exauriu e desorientou Tony Stark, que cambaleou desequilibrado, os olhos dardejando da esquerda para a direita como se procurassem o foco.

O Mandarim percebeu e rosnou baixo como um gato selvagem satisfeito.

– Ah, Tony Stark. Imagino que esteja sentindo o cansaço?

Stark virou o rosto na direção da voz do terrorista.

– Para trás! – ele exclamou, na voz, uma pontada de desespero. – Eu mato você!

– Acredito que não – retrucou o Mandarim, massageando a mandíbula. – Você até demonstrou alguma promessa, mas já acabou. – Em seguida, caminhou em torno de Tony e acertou o traseiro do bilionário com a parte achatada da lâmina, fazendo-o despencar numa moita.

– Um fim infame para o grande Tony Stark – observou o Mandarim. – Abatido por um simples ferimento superficial.

– Não posso morrer – disse Tony, parecendo à beira das lágrimas. – Por favor.

– Você implora – constatou o Mandarim. – Conforme previ.

Tony rolou de costas, os braços e as pernas movendo-se enquanto tentava se afastar do inimigo, mas sem encontrar um ponto de apoio no terreno liso. Sem dúvida uma triste visão, pálido e ensanguentado, um homem muito diferente daquele do momento antes de se lançar ao combate com tamanho fervor. De fato, parecia totalmente desprovido de forças em razão do terror e do ferimento, restando-lhe apenas ficar largado no chão, à espera do *coup de grâce*, que o Mandarim não aparentava pressa alguma em desferir. Agia como se acreditasse que o perigo passara.

– Olhe para si mesmo – disse o Mandarim. – Nem consegue erguer a espada.

A única reação de Tony diante de palavras tão desmoralizadoras foi confirmá-las. Os dedos conseguiram até envolver o punho da arma, mas provavelmente sem forças para movê-lo.

O Mandarim açoitou o próprio sabre no ar, apreciando o sibilo da lâmina.

– Muitas vezes imaginei qual seria a sensação de ver a própria morte se aproximando – disse ele. – Como deve estar se sentindo neste momento. Como se sente, Tony Stark? Consegue ao menos me contar?

Tony tentou dizer algo, mas sua boca se moveu pateticamente, como as guelras de um peixe em terra. Nada emitiu de compreensível.

O Mandarim cortou o mato ao redor de Tony com golpes precisos da espada e depois cravou a lâmina no chão.

– Permita-me contar a você algo que o fará se sentir pior – disse ele, ajoelhando-se ao lado de Tony para sussurrar-lhe ao ouvido: – Não desejo que esta decapitação seja desperdiçada. Em algumas semanas, assim que o mundo souber que coube a Tony Stark a responsabilidade pelo ataque em Dublin, transmitirei um vídeo meu, o Mandarim, punindo o assassino. Serei o herói de muitos. Para outros, terei me tornado mais do que um terrorista. Talvez um justiceiro honrado. E lhe contaria ainda mais...

Tony inspirou forçosamente.

– Duas coisas – ele disse com esforço aparente.

O Mandarim assentiu, impressionado.

– Ainda tem alguma força interior, senhor Stark. Embora duvide que ela perdure até lhe transmitir essas *duas coisas*.

Tony tossiu, depois se ergueu até se sentar para mais uma palavra.

– Conheço seu tipo, Mandy – disse ele, e, enquanto o Mandarim se ocupava com a irritação que o apelido lhe causava, Tony continuou: – Sei que gente da sua laia trapaceia. Por isso não bebi a água.

Havia passado pela cabeça de Tony que um vigarista como o Mandarim recorreria a qualquer coisa para levar vantagem, inclusive drogar a preciosa água tão necessária a seu oponente. Por isso, Tony despejara um pouco de água na grama, que ficou amarelo-clara, o que não teria acontecido com o Ph neutro da água. Conclusão: o líquido fora alterado.

– Você não bebeu... – disse o Mandarim. – Mas isso significa...

– Frases completas, por favor, Mandy – retrucou Tony. Em seguida, acertou a lateral da cabeça do Mandarim com o sabre, que, afinal, não era tão pesado quanto Tony fingira ser, ainda mais depois que ele retirara a barra de tungstênio escondida no punho oco. Outro dos truques traiçoeiros do Mandarim.

O Mandarim pendeu para trás, a dor na cabeça tão forte quanto um raio, mas, mesmo enquanto caía, ele chamou:

– Freddie! *Aidez moi!*

Tony não se surpreendeu. Na verdade, supusera que o ostentoso Mandarim não perderia a oportunidade de gravar a morte de um americano tão icônico. E quem mais o acompanharia senão o seu tenente?

Tony pisou com força no pulso direito do Mandarim e girou o pé até o anel de formatura escorregar do dedo do terrorista.

– Isto é meu – disse ele, deslizando o anel no dedo mindinho e girando a coroa em quarenta e cinco graus antes de apertar o polegar no cristal. A coroa brilhou vermelha.

Droga, Tony pensou. *Preciso de verde.*

O Mandarim de alguma maneira estava bloqueando o sinal.

– Freddie! – o homem chamou de novo, os olhos rolando para trás. – Mate o...

Stark socou o Mandarim na têmpora antes que ele completasse a ordem, a qual, conforme deduziu, terminaria com um insulto. Era improvável que a frase completa do Mandarim fosse do tipo: "Mate esse charmoso convidado para nossa agradável noite terrorista".

O Mandarim, mesmo atordoado, pois provavelmente sofrera uma concussão, ainda conseguiu dizer algumas poucas frases coerentes antes de desmaiar:

– Isto não muda nada. Leveque está vindo. Meu soldado francês bem treinado acabará com você, Stark.

Do terreno mais abaixo, houve uma intensa batida e uma sequência de impropérios em francês.

– Essa é a segunda coisa – disse Tony. – Mudei a sua armadilha de lugar.

Sabendo que um homem como Leveque não ficaria preso por muito tempo numa simples armadilha de laço, Tony correu tropegamente pela clareira, descendo pela lateral da colina até o único ponto que lhe possibilitava uma visão livre do lugar determinado para sua morte. Ali imaginava que o Mandarim tivesse guardado sua câmera – o mesmo espaço para o qual Tony levara a armadilha de caça do Mandarim.

Vaidade, Mandy, pensou Tony ao bufar. *Esse é o seu ponto fraco.*

O Mandarim fizera tanta questão de lhe contar que os ancestrais haviam sido nobres caçadores que Tony concluíra que em algum lugar dali haveria um artifício de caça escondido. E o encontrou na beirada escapelada da clareira: um laço simples ligado a um contrapeso de um tronco. Se a água alterada e a espada mais pesada não bastassem para atrapalhar Stark, então o Mandarim se lançaria no chão logo atrás da armadilha, conduzindo o inimigo até a cilada.

Evidentemente, Tony não tinha como mover o contrapeso, mas conseguiu manipular a armadilha até um galho flexível que não provocaria o impulso de um contrapeso, mas daria um puxão no cinegrafista alguns metros no ar.

Isto tudo por causa da afeição de Friday pela teoria dos jogos, Tony reconheceu. *Concentre-se no que ainda não está em jogo. Pense dois passos adiante.*

Teria sido bem fácil para Tony beber a água e praticar com a espada, mas, em vez disso, ele entrara na mente do Mandarim.

Obrigado, Friday.

Mas não fora Friday. Fora Saoirse.

E ela ainda corria perigo.

– Uma coisa de cada vez – disse Tony, quebrando a regra de não falar sozinho. – Coloque a máscara de oxigênio antes de ajudar as crianças. – O que, dadas as circunstâncias, achou uma analogia razoável.

Tony atravessou o matagal meio irregular para encontrar Leveque praguejando de ponta-cabeça, os dedos resvalando o chão, talvez a dez centímetros de um revólver de níquel que reluzia sedutoramente pouco além de seu alcance. Stark conhecia um pouco de francês e entendeu o que o segundo em comando do Mandarim dizia, e a frustração do homem provocou um sorriso no rosto cansado de Stark.

– *Bonjour*, Freddie – disse ele jocosamente. – Não é engraçado como o mundo dá voltas?

Leveque usou os dedos para fazer o corpo oscilar para frente e para trás.

– Você está *morrrto*, *Starrk*. Eu o esmagarrei!

Uma coisa inteiramente possível, visto que as pernas de Leveque eram quase tão grossas quanto o tronco da árvore adjacente, e um galho fino penso não conseguiria manter um corpo tão pesado suspenso por muito tempo. Por isso Tony, decidindo não perder nem mais um segundo com gracejos, agarrou a manopla do Homem de Ferro, que Leveque vinha usando como um troféu, e fez o homem girar num círculo entontecedor até que o objeto se soltasse. Mas, infelizmente, a corda também se soltou, e Leveque emitiu um grito antes de a inércia do movimento lançá-lo capotando em direção a um arbusto, onde desapareceu. A manopla, por sua vez, escorregou da mão de Tony, rolando pelo gramado.

Espero que Leveque esteja inconsciente, pensou Tony. *No mínimo, atordoado.*

Mas, ouvindo um sussurro no arbusto, Tony soube que o crânio grosso do francês o mantivera consciente.

Merde, ele pensou, e se arrastou atrás da manopla. Quando quase a suspendera do chão, Freddie irrompeu do arbusto, lançado no ar pelas coxas assustadoramente desenvolvidas. O tempo que pairou no ar pareceu infinito, e Tony pensou que Leveque poderia ter uma tremenda carreira como jogador da NBA se desse as costas para o crime.

O francês aterrissou com tamanho estrondo que Tony juraria que até as solas dos seus tênis vibraram.

– Vou esmagá-lo – Leveque repetiu, simulando o ato com as mãos largas.

– Não faça mímica – Tony disse. – Conheço o significado de esmagar.

– E essa manopla não o ajudarrá. Não passa de lixo. Não *funcion*.

Leveque pronunciou *funcion* à maneira francesa – *fong-shee-on* –, e Tony a lançou de volta a ele.

– Você está certo, esta manopla não *fong-shee-on*. Não sem uma fonte de energia codificada.

Leveque parou.

– Fonte de *enerrgia*. *Quelle* fonte de *enerrgia*? – E então Leveque viu o anel de formatura no dedo de Tony, o anel que Tony tirara do Mandarim. – Ah, *non* – disse ele.

– Ah, *oui* – replicou Tony, deslizando a mão para dentro da manopla. No nanossegundo em que a pedra de vibrânio do anel tocou o omnissensor no interior da manopla, os servomotores zuniram de volta à vida, e Tony Stark estava usando a luva completamente funcional do Homem de Ferro. Apesar de sem armas por ser parte do Pacote de Festa, nela havia um jato repulsor que conseguia, quando concentrado, impulsionar um objeto, ou, nesse caso, uma pessoa.

A expressão de Leveque passou de agressiva a desesperada, com uma elevação cômica das sobrancelhas e as narinas infladas. Seus instintos de lutar ou fugir assumiram o comando, e ele optou por *lutar*, o que, no fim, se revelou uma decisão errada.

Leveque se lançou contra Tony bem quando ele disparou o jato do nódulo de repulsor. O paradoxo de força irresistível determina que, quando uma força irrefreável se choca com um objeto imóvel, garante-se a destruição mútua. Todavia, apesar de os raios do repulsor beirarem o irrefreável, Freddie Leveque certamente não era uma coisa imóvel. Portanto, ele foi arremessado com muita velocidade pelo ar até o topo da árvore onde recentemente estivera pendurado.

– Cesta de três – disse Tony Stark. – E a multidão vai à loucura, como é de direito. Esse cara valeu cada centavo.

Satisfazendo seu gene espertinho, Tony beijou a junta do dedo da manopla e começou a descer apressado a colina até a antiga fortaleza. Então, quando ouviu um zumbido atrás de si, lamentou quase imediatamente ter perdido aquele momento para satisfazer seu gene espertinho. Olhando por sobre o ombro, viu a ascensão sibilante de um sinalizador vindo do topo da árvore onde depositara o encantador senhor Leveque.

Sem dúvida, um pedido de reforços para a tropa do Mandarim.

– Agorá você está *literralmente morrto*, *Starrk*! – berrou Freddie Leveque.

As pessoas estão me dizendo isso a manhã inteira, pensou Tony, mudando de direção e virando para o norte. Passaria pelo Mandarim de novo, mas Stark confiava que, mesmo o vilão tendo recobrado consciência, ele o mandaria de volta à terra dos cochilos com um cutucão suave da manopla.

Flexionou os dedos da manopla e se sentiu reconfortado pelo suave zunido dos servomotores.

Tony planejara escolher um ponto de frente para o atracadouro para ficar de olho em Spin Zhuk e seus amiguinhos desagradáveis, até que a ajuda que acionara chegasse. Mas isso não daria certo. Estava sendo caçado.

Preciso parar de me mexer por alguns minutos, pensou Tony. *E encontrar uma brecha no bloqueador de sinais do Mandarim.*

Taticamente, a situação não vinha funcionando bem para Tony. Ele decidira fugir dos perseguidores para evitar ser alvejado na cabeça à qual se sentia muito afeiçoado. Parecia um plano sensato, mas Stark deixara de considerar fatos simples: (1) ele estava numa ilha e (2) seus inimigos talvez se dividissem em grupos, o que de fato fizeram. Consequentemente, embora estivesse se afastando de alguns dos inimigos, acabava correndo em direção a outros, o que se tornou cada vez mais evidente a cada metro de subida da face norte da colina. Um quadriciclo a motor vinha na direção dele por aquele lado, e conseguia ouvir os gritos dos perseguidores à medida que diminuíam a distância.

Agora entendo como este lugar serviu tão bem como prisão, Tony pensou, mudando de direção pela centésima vez. *Uma ilhota com colinas íngremes em oitenta por cento do litoral.*

E por mais que Tony fosse um tremendo fã da vida selvagem e especificamente de pássaros, precisava admitir que a cacofonia dos berros das gaivotas nativas de Little Saltee acabava distraindo-o, para dizer o mínimo.

– Quietas, gaivotas! – disse em tom baixo, para que sua voz não denunciasse onde estava. Ou para evitar que as aves fizessem cocô sobre ele, pois com certeza não gostaria que seu corpo fosse encontrado todo sujo, considerando-se que as agências de notícias mundiais publicariam uma foto. E já imaginava a manchete:

BILIONÁRIO TONY STARK COBERTO DE EXCREMENTOS

Ou talvez:

HOMEM DE FERRO APOIA PÁSSAROS

Não queria ser lembrado desse modo.

O quadriciclo rugia atrás de uma colina rochosa, e Tony se virou de novo. Sabia não só que estava sendo pastoreado com eficiência para o despenhadeiro, mas também que seu anel ainda não havia encontrado um sinal. Talvez a tecnologia que criara estivesse funcionando mal.

O que quase nunca acontece com tecnologia, certo?

Ainda que houvesse um repulsor à disposição de Tony, ele sabia que não conseguiria nem voar nem proteger a cabeça das balas. Contra um único adversário talvez tivesse alguma chance, mas contra no mínimo três, todos armados até os dentes... nem mesmo Nick Fury escaparia pelo estreito espaço entre uma rocha e um relevo mais alto.

Ouviu gritos à esquerda... Seriam o latido de um cachorro?

Onde conseguiram um cachorro? Não havia cachorro algum antes. Definitivamente a situação não era nada justa.

O quadriciclo rugiu à direita de Tony com a voz de Spin Zhuk de alguma forma superando o ruído do motor:

– Por aqui! Estou vendo a cabeça pontuda dele!

Cabeça pontuda. Agora eles acresciam insultos aos ferimentos, com possíveis mais ferimentos em seguida.

A única opção de Tony implicava seguir em frente. E *em frente* não era lá grande coisa numa ilhota.

Como ficou evidente depois, *em frente* não durou o tanto que Tony imaginara. Passados uns quinze metros, ele se viu balançando na beira de um penhasco íngreme, rodopiando os braços como um moinho de vento para evitar a abrupta queda até o mar agitado abaixo. O movimento acabou não sendo um lembrete muito gentil do ferimento no ombro. Mesmo naquele momento doloroso e estressante, ele percebeu ondas bem menos amigáveis aos surfistas do que as de Malibu. Aquelas ali não se *quebravam*, *esmagavam*. Ninguém vinha remando com os braços saindo de um tubo na água dizendo: "Cara, isso foi animal. Onde está a minha parafina?".

Tony também notou que, enquanto estava pendurado ali acima do vazio, a luz verde da manopla piscou por um momento. E isso significava que encontrara o "capetinha" do envelope de proteção do Mandarim e enviara um sinal.

Stark se endireitou com um jato do repulsor e se virou, parando de frente aos perseguidores.

Venha, cavalaria!, pensou. *Rápido!*

Os dois perseguidores que enfrentaria estavam a menos de três metros, um pouco mais respeitosos do que no início do dia, talvez porque soubessem que no antebraço de Tony estava ativa a manopla do Homem de Ferro.

Só dois, Tony pensou. *Consigo dominá-los.*

Mas não sabia exatamente como. O Mandarim poderia ter mais uma dúzia de soldados.

Spin Zhuk estava curvada por trás do volante do quadriciclo, acelerando o motor da máquina como se fosse destroçá-lo para atravessar a ravina com aquelas quatro rodas, o que, sem dúvida, sentia ser capaz de fazer. Leveque se agachava no topo de uma rocha, parecendo meio zangado, muito provavelmente por conta de toda aquela coisa com a árvore. Era um sujeito com algo a provar, e Tony sabia que o homem atacaria assim que recebesse uma ordem.

Em seguida, caminhando irritado pelo mato, vinha o líder, aquele que daria a ordem: o poderoso Mandarim, a expressão, normalmente impassível, capaz de paralisar uma vaca.

– Mandy – disse Tony –, você parece estressado. Devo encomendar uma massagem?

O Mandarim ergueu a espada, ainda manchada com o sangue fresco do bilionário.

– Renda-se, Stark. Acabe com essa tolice.

Tony balançou a cabeça.

– Não tenho a intenção de me render hoje. E sua tropa não o respeitará.

O Mandarim não escondeu a irritação.

– Isso não é da sua conta. A tropa e eu lidaremos com esse problema. No que se refere a você, existem duas opções: ou enfrenta o inevitável e se submete à decapitação, ou tenta me enfrentar e nós atiraremos em você, depois decapitaremos o seu cadáver na posição que acharmos a mais adequada. Admito que não seja o ideal, mas é melhor do que nada.

Opções desagradáveis, na opinião de Tony. Afinal, acabaria morto, o corpo separado da cabeça, uma cabeça responsável pela maioria de suas brilhantes ideias.

– Duas outras opções, Mandy.

O Mandarim suspirou como se estivesse se cansando de suspirar.

– Imagino que na primeira você lute? Nesse caso, Freddie lhe dá um tiro antes que consiga suspender a manopla. E na segunda... – O Mandarim fez uma pausa, intrigado. – Qual é a segunda, senhor Stark?

Tony riu como se não acreditasse no que estava prestes a fazer.

– A segunda? Bem, esta é a segunda.

E deu um passo para trás lá de cima do penhasco como se estivesse pisando no degrau da escada rolante de um shopping.

7

UMA LONGA DESCIDA

Ancoradouro Dún Laoghaire, Dublin, a 130 quilômetros ao norte de Little Saltee

A "cavalaria" com a qual Stark contava estava cozinhando uma omelete para uma estrela do pop – uma omelete de borracha para uma estrela do pop robótica. Mas, um nanossegundo depois que Tony enviou o sinal de alerta codificado, o sistema operacional do Protótony o captou, e o androide, além de paralisado como um cervo pressentindo perigo, pareceu farejar o ar.

O Protótony largou a espátula e nem mesmo despiu o avental.

– Peço perdão, Shoshona – disse ele para a garota artificial no biquíni dourado –, mas sou necessário em outro lugar. Na verdade, urgentemente necessário. Às vezes, só o Tony serve.

Até o robô Stark era espertinho.

Seguindo uma verificação de voo expressa, o Protótony explodiu pelo deque no céu matutino, literalmente perdendo a pele – e o avental – em pleno voo. Faixas de pele plástica descascaram no crânio do androide quando ele se aproximou da barreira do som, exibindo o capacete de um traje do Homem de Ferro. Isso explicava por que Friday, ou melhor, Saoirse, para ser mais exato, considerara o Protótony forte demais: ele escondia sob a pele um traje voador funcional, outro fato que o bilionário paranoico mantivera em segredo.

Nesse caso, era um traje de kit de emergência médica desenhado especificamente para as possíveis necessidades de Tony. Assemelhava-se a uma ambulância sofisticada, ainda que uma ambulância com bateria para respiração assistida por duas semanas.

Apesar de naquele momento dezenas de câmeras apontarem para o *Tanngrisnir*, apenas um fotógrafo bastante rápido captou uma imagem da ascensão dramática do Protótony, e quando o homem rolou as imagens na tela para ver o seu prêmio, descobriu-se olhando para o que parecia um *chef* voador.

Erro digital, pensou desgostoso, e apagou a foto.

O Protótony, sintonizando no sinal de Tony, notou a pulsação acelerada e a pressão sanguínea elevada do bilionário. Viu que ele estava ferido, desidratado e cansado, e o classificou *em sofrimento*, uma maneira suave de explicar a situação. O traje acelerou rapidamente além da barreira do som para, em seguida, desacelerar, pois envolver o alvo em tal velocidade fraturaria todos os ossos do corpo dele.

A velocidade de aproximação do traje não constituía a única dificuldade. Embora a velocidade inicial do senhor Stark tivesse sido um bem conveniente zero metro por segundo, naquele momento flutuava enlouquecidamente, assim como a trajetória dele, tornando os cálculos de abordagem muito complicados e decididamente pouco confiáveis. Em resumo, ao traje cabia se virar com o que dispunha.

Algumas coisinhas, contudo, eram bem certas.

Primeira: deveria ser uma coleta subaquática.

E segunda: ossos sairiam fraturados.

Para uma coleta otimizada, o Protótony mergulhou abaixo da superfície já a uns dois quilômetros da interceptação calculada.

Tony fez o possível para desacelerar a queda com um repulsor, mas nem deveria ter se dado a esse trabalho. Qualquer mergulhador de penhasco lhe diria que ele se sairia muito melhor caso atravessasse a água na perpendicular, e não rodopiando pelo ar como um fogo de artifício enlouquecido. Não era a primeira vez que Tony aterrissava na água, embora anteriormente estivesse utilizando um traje de combate completo e mal sentira o impacto.

De fato, Rhodey o acompanhara na vez anterior, uma demonstração do traje no Píer de Malibu para uma instituição de caridade infantil. O Homem de Ferro e o Máquina de Combate surgiram lançando explosões um no outro por alguns minutos, e logo iniciariam um duelo coreografado quando os sistemas de Tony subitamente congelaram, lançando-o numa queda vertical no Pacífico. Rhodey rira até não poder mais enquanto pescava Tony das ondas, entregando-o de volta ao laboratório onde trabalhava.

– Cara, você tem sorte de o traje ter aguentado firme – ele dissera entre gargalhadas. – Porque, daquela altitude, a água mais parece concreto.

Tony também rira na ocasião.

Não estava rindo naquele momento.

O mundo o envolveu num caleidoscópio de azuis e verdes, e mal teve tempo para se preparar antes do impacto com as ondas, primeiro os pés na colisão – pés protegidos apenas por solas amortecedoras para corrida. As câmaras de ar dos tênis explodiram com um estampido similar ao tiro de uma pistola, e os dois tornozelos quebraram; alguns milissegundos depois, a tíbia esquerda e a fíbula direita sofreram fraturas, e desapareceu de Tony a habilidade de produzir pensamentos racionais, pois seu mundo inteiro virou um cenário de dor. Uma única palavra se repetia na mente dele sem cessar:

Desculpe. Desculpe. Desculpe.

Mais tarde, Tony pensaria por que se desculpava no suposto momento da sua morte, mas nunca seria capaz de limitar a lista a apenas uma coisa. Em algum dia, acabaria se abrindo numa conversa com Rhodey sobre isso, e o amigo comentaria:

– Não importa o que você lamentou, meu irmão. O importante é que mude a sua vida para que, da próxima vez em que estiver de saída, se sinta melhor consigo mesmo.

E Tony responderia:

– Muito obrigado, Oprah.

Daí Rhodey se ofenderia e os dois amigos acabariam brigando na sala, derrubando da parede um retrato Oliver Jeffers, original e precioso.

Mas de volta ao impacto com o implacável Oceano Atlântico. Stark entraria em estado de choque, logo se afogando, caso o traje de emergência médica do Homem de Ferro não tivesse se sincronizado com a aceleração da queda, apanhando-o a dezoito metros – quatro metros acima dos rochedos submersos em que seu corpo certamente acabaria perfurado – e literalmente envolvendo-o numa camada protetora de armadura. Em segundos, o interior do traje se encheu de oxigênio e mil sensores enclausuraram o corpo do paciente à procura de traumas, e havia vários. As duas pernas do traje inflaram almofadas de ar que manipularam os ossos de Tony até que retornassem à posição correta. Microagulhas injetaram anestésico nos pontos de trauma, e uma agulha mais grossa injetou uma dose de adrenalina no peito de Stark, arrancando-o do vale do choque onde vinha se afundando.

– Desculpe! – ele exclamou uma última vez, daí voltando para o presente e percebendo que o traje médico ia em direção à superfície com ele já estabilizado. – Não!

E Protótony retrucou:

– *Não?* Não para o quê, Tony? Estou fazendo muitas coisas aqui.

– Não para a superfície – explicou Tony, aliviado porque a dor estava diminuindo. – Mantenha o traje submerso por enquanto.

– Má ideia, meu caro Tony – disse o Protótony. – Só nos restam uns cinco minutos de autonomia de oxigênio aqui dentro. Depois disso, você vai inspirar gás.

– Faça o que eu digo – replicou Tony, possivelmente um tantinho irritado pela queda do penhasco e pelos ossos fraturados. – A propósito, quem está aqui? Qual IA?

– Eu. Quero dizer, você. Ou o você público superficial, adorado pelos paparazzi de todo o mundo. Aprendo a me comportar vendo suas imagens na internet, e por isso sou um cara bem superficial, o que não deixa de ser engraçado agora, considerando-se onde estamos. Sacou?

Tony gemeu de dor residual e angústia mental. Talvez Rhodey tivesse dito a verdade sobre ele.

E sou mesmo *um pé no saco*, percebeu. *E a minha voz é desse jeito? Pensei que fosse mais grave.*

– Temos acesso a alguma outra IA?

– Lamento, caro Tony, só isso mesmo. Está preso a mim. Este traje é um modelo bem básico, projetado tão somente para levá-lo de volta para casa. Uma maca voadora.

Uma maca voadora, pensou Tony. *Bem longe do ideal, mas terá que servir.*

– Ok, estou alterando os parâmetros da sua missão – disse ele. – Mantenha-nos submersos pelo máximo de tempo possível e, depois, velocidade máxima para o porto de Dublin. Preciso pegar alguém.

– Entendido, Tony – afirmou Protótony. – Quem estamos perseguindo?

– Eu. Estamos me perseguindo.

– Ei – disse Protótony –, assim somos três.

No topo do penhasco da ilha Little Saltee, Spin Zhuk aproximou o quadriciclo da beirada até conseguir espiar para baixo.

– Não acredito que o homem fez isso – ela disse. – O idiota esqueceu que não estava mais podendo voar.

– Ele estava *aterrorrizado*, *non*? – perguntou Freddie Leveque. – Foi isso. *Preferriu* a queda *rapidá*.

O Mandarim silenciou por um tempo, apenas cofiando o bigode pensativamente.

– Acredito que o senhor Stark preferiu escolher seu próprio destino – o homem disse por fim –, em vez de aceitar aquele que escolhi para ele. Talvez não fosse tão idiota quanto eu acreditava que era.

– O sujeito pulou de um *prrecipício* – disse Leveque. – *Porrtanto*, é um *idiôta*.

O Mandarim estreitou os olhos na direção dele.

– Está falando sério, Freddie? *Porrtanto*? Lembre-se de que Stark levou a melhor sobre nós dois, mesmo que temporariamente. E sem aquele traje maravilhoso.

Leveque deu de ombros.

– Talvez. Mas está *morrto* agora, então não é tão *inteligentê* assim, *non*?

– Pouco importa – disse o Mandarim. – Stark está morto. Ainda temos o sinal verde. Diga ao barco para observar o ponto de impacto por cinco minutos, depois retorne ao cais. Em seguida, silêncio absoluto do rádio. Nem sequer uma mensagem de texto para seus entes queridos até que a missão esteja terminada. Qualquer tentativa de contato bastará para triangularem a todos nós. Daremos ao nosso Pyro uma hora para que complete a missão e retorne. Se não voltar, então partiremos sem ele.

– E a menina? – Spin Zhuk perguntou. – O que devemos fazer com ela?

O Mandarim estendeu uma mão para Leveque, que lhe devolveu os anéis.

– Por acaso acredita que algo tenha mudado, senhorita Zhuk?

Spin Zhuk não era nenhuma flor de delicadeza e, em sua época, abatera uma unidade inteira da força especial russa, a Spetsnaz, armada apenas com uma mistura de garfo e colher e dois grampos de cabelo, mas não tinha coragem de sustentar o olhar do Mandarim.

– Não, *chef*. Só estava pensando.

O Mandarim fez uma observação:

– Talvez acredite que, pelo fato de Stark ter preferido morrer de modo covarde a me enfrentar, a minha autoridade esteja comprometida?

Zhuk empalideceu e meneou a cabeça.

– Não, *chef*. Jamais estaria pensando nisso. *Jamais* acreditaria nisso. Só estou viva hoje por sua causa. A minha vida pertence a você.

– Pois então, senhorita Zhuk, por que me fez aquela pergunta? Sabe muito bem o que deve acontecer à garota, não é mesmo?

Leveque estava ávido por sangue.

– Permita-me, *chef*. Estou com um humorr de cão.

– Não, Freddie – negou o Mandarim. A senhorita Zhuk fez a pergunta, e agora a resposta cabe a ela.

Zhuk engoliu em seco e nada disse que contrariasse o Mandarim. Caso o fizesse, acabaria na mesma rota de Stark por cima da beirada do precipício.

– Farei isso, *chef* – afirmou ela. – Considere feito.

– Bom, excelente – disse o Mandarim, com o bom humor restaurado. – Aja de modo rápido. Ou, se preferir, lento. Temos uma hora.

Rápido, Zhuk decidiu. Definitivamente agiria rápido.

Então, acelerou o quadriciclo e rugiu ao longo da costa rumo à prisão medieval antes que mudasse de ideia.

Adolescentes sofrem de muitos males frequentes: acne, asma e autoimagem negativa, só para mencionar alguns. Mas o traço adolescente que costuma aumentar a pressão arterial do resto da população é a tendência a *saber tudo*. Existe até um termo médico para isso: *ingenuidade metacognitiva.* Assim, os adolescentes não consideram seus pensamentos como possíveis interpretações dos acontecimentos, mas linhas diretas até a *alma verdadeira* do planeta. A maioria dos jovens suavemente se afasta desse *saber tudo* não só pelo simples processo do amadurecimento, mas também por toda a convulsão emocional resultante disso; Saoirse Tory, contudo, estava quase curada traumaticamente da ingenuidade metacognitiva porque seria assassinada.

Ironicamente, os eventos recentes já a haviam colocado no caminho da recuperação, portanto, uma cura não era necessária do ponto de vista técnico.

Embora duvide muito que o Mandarim vá levar isso em conta, Saoirse pensou, aguardando os lacaios do terrorista voltarem e darem cabo dela.

Ainda que Saoirse conhecesse tudo sobre ingenuidade metacognitiva, não acreditava que o mal a atingisse, pois, *de fato*, ela sabia tudo. Ou *soubera* antes de o Mandarim ter modificado completamente seu plano engenhoso. Diante de tal fato, a garota irlandesa se sentiu meio deprimida, até perceber que o Mandarim *na verdade* não modificara o plano dela, mas apenas o direcionara aos próprios objetivos.

Portanto, de fato, o meu plano foi obra de um verdadeiro gênio.

Tal pensamento a alegrou um pouco, mas então se lembrou de que Tony Stark muito provavelmente estaria morto por sua causa, e em breve muitos representantes do meio ambiente se juntariam a ele na vida após a morte.

Não que eu vá viver para presenciar nada disso, reconheceu sombriamente.

Em seguida, passou a fantasiar sobre a possibilidade de se pronunciar numa corte europeia para explicar como nada do que acontecera fora culpa dela, pois, na verdade, apenas tentara salvar a irmã, Liz, e algumas meninas africanas.

Talvez eu sofra mesmo de ingenuidade metacognitiva, percebeu.

A parte corajosa da personalidade de Saoirse a fez erguer a cabeça irrefreável.

Levante-se, garota. Você ainda não está morta. Talvez Stark tenha escapado. E talvez ele consiga salvar o mundo. Quer ir para o túmulo com todas aquelas almas na consciência? Ainda mais se ainda não estiverem mortos e puder salvá-los?

Não, ela decidiu enfaticamente. Não queria.

Portanto, como sairia dali? Devia existir um jeito de uma garota inteligente como ela levar a melhor sobre um punhado de terroristas.

No fim das contas, ela só precisou levar a melhor em cima de uma terrorista: Spin Zhuk, enviada para matar a jovem otária Saoirse Tory. O coração de Spin não estava ligado à missão. Embora já tivesse matado antes, era mais do tipo que girava o volante, e não do que puxava o gatilho.

Afinal, não me chamam Pull Zhuk.[5]

Estava incomodada com o Mandarim por esse uso indevido de recursos, mas logo eliminou essa linha de pensamento, pois muitos acreditavam que o *chef* era capaz de ler mentes, e ele não tolerava insubordinação, mesmo de que caráter mental.

No entanto, era difícil não se sentir infeliz com aquela missão.

Afinal, quem desejaria assassinar uma criança?

Na verdade, ninguém. Exceto talvez Freddie Leveque, que ficava absolutamente feliz ao estrangular alguém com as próprias mãos.

"Não há sensação alguma que se equipare à da vida deixando um *corrpo*", ele lhe dissera um dia, repetindo várias vezes até ela entender.

Spin estremeceu. *A vida deixando um corrpo.* Ela não tinha intenção alguma de vivenciar essa sensação. Pretendia

5 Aqui, a personagem faz um trocadilho com seu nome. *Spin*, em português, significa girar, e *pull*, puxar. (N.T.)

despachar a garota com um tiro rápido na nuca. A irlandesa nem sequer saberia o que havia acontecido. Spin estacionou o quadriciclo no pátio e andou com determinação pelas pedras cobertas de sal do mar. Na prisão, devia ter ocorrido uma tremenda atividade no passado, mas estava se desintegrando. O choque constante das ondas literalmente vinha abalando as fundações do lugar. Todos os humanos tinham partido havia décadas, com exceção de Saoirse Tory e do seu avô lunático, e em mais um século provavelmente não restaria lugar algum acima do nível do mar no qual as gaivotas pudessem fazer seus ninhos.

Este lugar está me enlouquecendo, pensou Spin, *com tantos gritos e tantas vibrações. Não vejo a hora de ir embora.*

A melhor ideia, pensou, seria conduzir a menina até o cais com o subterfúgio de levá-la até o barco. Daí, um tiro rápido, e o corpo ficaria na água.

Simples e eficiente. Sem nem mesmo necessitar de um enterro.

Estou esperando que ela caia de cara no chão, Spin pensou, *assim não terei que ficar olhando-a nos olhos.*

E depois: *Por que estou pensando em inglês? Preciso de férias em Kiev.*

Spin fez uma pausa na rampa que dava para a área das celas e tateou sua Sig Sauer P220 no coldre debaixo do ombro.

Não me desaponte, meu bem, ela disse à pistola, mesmo sabendo que isso não aconteceria. A Sig, que a deixara em segurança em inúmeros conflitos, executaria a tarefa sem hesitação.

Sou eu quem vai hesitar, ela percebeu.

Mas todos os pensamentos de hesitação se esvaíram de repente quando Spin trotou pela rampa e viu que na cela de

Saoirse Tory não estava Saoirse. O primeiro pensamento que lhe ocorreu foi um daqueles brancos irracionais que o cérebro dispara no meio do pânico: *A irlandezinha desapareceu. Ele é um* leprechaun.

– *Leprechaun*! – exclamou.

O pensamento seguinte foi ligeiramente mais sensato: *Debaixo da cama. A menina está se escondendo debaixo da cama.*

Spin, brava consigo mesma por ter dito *leprechaun* em voz alta, de imediato transferiu seu aborrecimento para Saoirse.

– Menina estúpida! – disse ela. – Está facilitando o meu trabalho.

Zhuk entrou raivosa na cela, mas, mesmo enfurecida, não era nenhuma amadora, e sacou a pistola, pronta para surpresas.

– Vamos lá, garota. Vá saindo daí.

Nenhuma garota emergiu, e não existia nenhum outro lugar onde ela pudesse estar. Na cela, havia três paredes de pedra e mais uma quarta feita de barras, com um catre de exército no meio do chão. Spin considerou atirar em direção à cama, o que certamente neutralizaria alguém escondido ali, mas atirar numa cama equivalia a admitir que uma mera criança a enervava. Em vez disso, agarrou a beirada e a puxou para cima, exatamente o que a garota queria que fizesse.

Ocorrera a Saoirse Tory, uns trinta minutos antes de Spin Zhuk descer as escadas, que ela própria havia demonstrado preocupação quanto às molas da armação da cama quando Tony Stark fora prisioneiro.

Você se refere à época em que o homem ainda estava vivo?, sussurrou sua consciência, mas Saoirse a ignorou, optando por se concentrar na oportunidade: as molas.

Molas, além de capazes de absorver e acumular energia, tinham certa elasticidade, por isso se tornavam instrumentos potenciais nas mãos de um homem como Stark. Ela havia aquietado seus medos mantendo os olhos cravados em Stark enquanto ele estivera ali. Mas depois não havia olhos vigiando-a, e ela contava com os mesmos instrumentos potenciais em mãos. E não era a garota que levara a melhor sobre o geniozinho?

Com determinação laboriosa, Saoirse soltara as molas e formara uma corda, que prendeu em ambos os lados da armação da cama depois de dar a volta numa das barras da cela. Em seguida, usando todas as suas forças, empurrara a cama para trás, centímetro a centímetro, até as molas reclamarem como as cordas de um banjo. Quando não conseguiu avançar mais, ancorara duas das pernas da cama na junção das pedras no piso e chutara poeira por cima das molas visíveis. O pó não era mágico, portanto, não escondeu as molas, mas, caso não se estivesse olhando atentamente para elas, era possível que não fossem vistas.

Recuara para observar sua pequena armadilha.

– Que coisa mais ridícula, Saoirse – dissera em voz alta, alheia ao fato de que pouco tempo atrás outro gênio nos arredores estivera falando consigo mesmo a respeito de armadilhas. – Quando Tony Stark estava no Afeganistão, ele construiu o protótipo do Homem de Ferro com algumas placas de alumínio e uma bateria triplo A, e o que você está construindo? Uma cama de molas. Deveria se envergonhar de se autoproclamar uma inventora. As chances de isso dar certo são de uma em um milhão. E, mesmo que funcione, talvez existam mais terroristas ainda na ilha, e ainda que por um milagre só haja você, as molas podem não passar de um simples incômodo, um pé no saco. E não seria nem literalmente.

Em seguida, ouvindo os passos de Spin Zhuk pelos degraus, abaixou-se no chão de pedra e acomodou o tronco com muito cuidado debaixo da cama, ciente de que uma batida descuidada acionaria as molas.

– Cuidado agora, menina Saoirse – sussurrou, e depois parou de falar. Afinal, tentava dar a impressão de que não estaria lá.

Spin Zhuk virou a cama e viu Saoirse Tory deitada no chão, bem como suspeitara.

"A-rá!", Spin planejara dizer. "Não pode ir me enganando com brincadeiras bobas de criança".

Esse fora o plano, mas na verdade ela disse:

– *A... oooorgh* – com uma pequena cuspida no final, porque o plano das molas da cama funcionou ainda melhor do que Saoirse imaginara, a despeito da sua estupidez aparente. Quando as pernas saíram da junção entre as pedras, a tensão das molas levou o metal a se contrair violentamente, fazendo a armação dar um salto de coelho com uma infeliz taxa de aceleração que teria provocado desconforto zero em Spin Zhuk, a não ser por uma coisa: ela foi atingida bem no pescoço, a traqueia quase esmagada. E não há uma criatura no planeta capaz de desconsiderar uma barra de metal na traqueia, motivo pelo qual se ouviu o "*A... oooorgh*".

– Desculpe – disse Saoirse. Mas logo se levantou e caminhou até a porta, aproveitando qualquer mínima vantagem proporcionada pela armadilha de molas.

Eu deveria ter trancado a porta da cela, pensou na metade da rampa, com um quadrado de luz do sol pairando tentadoramente sobre ela. Mas, em seguida, uma bala despedaçou um pedaço de rocha do arco quase atingindo a cabeça de Saoirse, e todos os pensamentos dela se resumiram a uma única ordem: *Corra!*

Evidentemente, o golpe em Spin Zhuk não gerara tanto inconveniente quanto Saoirse imaginara.

A garota correu pela rampa até alcançar a luz da manhã, aliviada em ver que não havia mais terroristas para despistar naquele momento.

Se a gangue toda do Mandarim estivesse no pátio, seria o fim da minha pequena tentativa de fuga.

Saoirse temera a recepção de um terrorista, mas, sendo bem honesta, temia mais ainda encontrar o corpo de Tony Stark pendurado nas ameias, os olhos mortos encarando-a acusadoramente.

"Culpa sua, idiota", o corvo no ombro dele provavelmente diria. "Você fez isso".

Saoirse baniu esses pensamentos, concentrada em correr. Spin Zhuk estava poucos passos atrás dela, e as balas da pistola conseguiam atravessar mil metros por segundo, muito diferente da sua velocidade de corrida, que deveria ser de patéticos dez quilômetros por hora, mais ou menos.

Sim, mas balas só andam em linha reta, Saoirse pensou, passando por baixo do arco caído e virando à direita, para então se abraçar à muralha externa da prisão. Spin precisaria chegar literalmente perto antes de conseguir um tiro certeiro.

E esta é a minha ilha, ela pensou. *Conheço cada pedaço do terreno e cada piscina rochosa.*

Mais importante para o plano improvisado de Saoirse Tory, ela conhecia a sequência de espiráculos.

Mas o que era um espiráculo?

Ela tinha esperanças de que Spin Zhuk não soubesse.

8

CORRENDO PELOS ESPIRÁCULOS

Enquanto Saoirse corria para salvar a vida ao redor da muralha perimetral da prisão em Little Saltee, Tony Stark voava no traje de resgate para o cais do porto de Dublin, de onde, sem dúvida, Cole Vanger se aproximava da cúpula do meio ambiente, carregando uma carga letal.

– Poderíamos simplesmente marcar o traje – sugeriu Protótony. – Daí conseguirei determinar uma trajetória direta para ele.

– Meu deus, como você é obtuso – replicou irritado o Tony real. – Aquele traje está equipado com sensores. Se você marcá-lo, ele saberá. E, se o traje souber, Vanger saberá que estou no rastro dele e passará ao modo operacional.

– Ele já está bastante operacional – retrucou Protótony, bem amuado.

– Agora você consegue se chatear? – Tony perguntou. – Que espécie de tom foi esse? Não gostei nadinha.

– É um dos meus comportamentos aprendidos. Para quando Shoshona não gostar da minha omelete ou algo do tipo.

Tony revirou os olhos e voou adiante, numa altitude tão baixa que quase resvalava nas ondas. Voar assim exigia pouca velocidade e muito cuidado, mas possibilitava a Tony ficar praticamente indistinguível de um golfinho ou de uma pequena embarcação, mesmo se Vanger estivesse atento, o que, provavelmente, não acontecia. E não havia nenhuma IA a bordo para escanear para o senhor Pyro.

– Fique *off-line* – Tony ordenou ao traje médico. – Planeje uma trajetória com os mapas a bordo. Precisamos confiar na linha do sinal.

– Na visão humana? – Protótony perguntou horrorizado. – O que é isso, a Idade da Pedra? Tenho lentes prismáticas excelentes, instaladas para apanhar sobreviventes em mares agitados. Por que não liberamos esses garotões?

– Duas coisas – retrucou Tony. – Primeiro, nunca use a expressão *garotões* de novo. Isso faz com que eu soe como um absoluto babaca. E segundo, boa ideia. Vá em frente e libere esses garotões.

– Tenho uma pergunta, chefe – disse o Protótony. – Você está usando esse traje bem leve, e Vanger carrega um tremendo poder de fogo. Como planeja detê-lo, mesmo que cheguemos lá a tempo?

– Tenha certeza de que não vou chutá-lo com as minhas pernas quebradas – respondeu Tony.

– Está evitando a pergunta, e assim você soa como um absoluto babaca. Tem alguma ideia?

– Duas – respondeu Tony. – Mas em ambas acabo morto, o que não é o cenário ideal.

– Continue pensando então, T-Star.

– *T-Star*? O que em nome de Deus significa um T-Star?

– É o seu nome no showbiz. Você pega a letra inicial do seu nome e a acrescenta à primeira sílaba do seu sobrenome. Meu nome no showbiz seria P-Tone, bem legal, não é? Pode me chamar assim se quiser.

– Puxa, obrigado, P-Tone. Somos tipo BFFs agora?

– T-Star e P-Tone. Perfeito.

– Imagino que você não entenda sarcasmo, Protótony.

– Não. Sou alegre e vigoroso, programado para estar permanentemente no modo Tony, o playboy. É o que a mídia espera.

– Maravilha. E de quem foi essa ideia genial? Imagino que minha. Grande jogada, garoto genial.

O Protótony aumentou o ar-condicionado, lançando um jorro de ar fresco na testa suada de Tony.

– Não pegue tão pesado consigo mesmo. Você está rabugento por causa das pernas quebradas e supostamente não deveria realizar uma missão nesse traje. Mas preciso lhe dizer uma coisa, T-Star.

– Por favor, não diga.

– Estou pra lá de animado. P-Tone e o manda-chuva numa aventura juntos. Será épico. Nós dois lutando juntos. Como a vez em que Brienne de Tarth lutou contra o Cão de Caça.

– Do que está falando?

– *Game of Thrones*. Tá de brincadeira? Brienne é como um Dolph Lundgren de saias, e o Cão é o irmão bravo em *Everybody Loves Raymond*.

Tony sentiu vontade de chorar. As pernas começavam a doer, e sua IA lunática, que ele próprio programara, empurrava-lhe garganta abaixo conhecimentos do entretenimento.

– Ok. Pouco importa. Uma grande aventura.

– Um por todos, T-Star – disse Protótony todo entusiasmado.

– Se nos derrotarem, seremos derrotados juntos, certo?

– Não exatamente. O seu corpo será tão esmagado e queimado que o reconhecimento ficará impossível. Tenho um backup no sistema do *Tanngrisnir*.

– Então, "um por todos" uma ova. – Com um movimento da luva, Tony trouxe as coordenadas até o visor. – É mais ou menos aqui aonde precisamos ir. Deveria ser o meu local de espera enquanto a segurança verificava minhas armas. Vanger precisará esperar nessa posição, ou eles o explodirão em pleno ar. Qual o nosso TEC?

– Premiação cinematográfica? Acho que não temos um.

– TEC! – berrou Tony. – Tempo estimado de chegada. Acorde logo, P-Tone, ou vou derreter você se escaparmos desta.

– Uau. Alguém está precisando de um *latte*. Ok, senhor Pavio Curto. O TEC é de quatro minutos.

Quatro minutos, pensou Tony. *Muito rápido. Quase um futuro imediato.*

– Tudo bem, me aplique mais uma injeção de anestésico e de analgésico que guardamos no tanque, e acione meu molde para pressão máxima.

Protótony obedeceu ao comando.

– Parece que alguém tem um plano.

– Ah, queria muito que fosse verdade – disse Tony, infeliz. – Acho que meu subconsciente está planejando alguma coisa, mas não me permitirá acessá-lo até o último segundo. Provavelmente o plano seja uma tremenda estupidez.

– Pensei que *eu* fosse o seu subconsciente – disse Protótony, magoado de novo.

Tony sentiu o anestésico local fluindo como água gelada nas pernas e entendeu que teria de operar o traje totalmente com gestos.

– Muito bem – afirmou ele –, se esse for o caso, então envie os convites para o enterro, porque estaremos mortos.

– Você sabe ser cruel, Tony Stark. Alguém já lhe disse isso?

Tony riu.

– Sim. A secretária do meu pai, um milhão de anos atrás.

Little Saltee

Saoirse Tory passara todas as horas livres em Little Saltee com o avô, que lhe ensinara a dar nós em cordas, atrair lagosta para uma armadilha e correr pelos espiráculos.

– Correr pelos espiráculos. Na minha época, esse era nosso esporte – Francis Tory lhe dissera. – Foram anos dourados, se quer saber a minha opinião, antes que a televisão tivesse tantos canais, e as crianças parassem de comer banha de porco. Ninguém nunca morreu por causa disso, e ossos quebrados acabam se juntando de novo, não?

A maioria das crianças teria tapado os ouvidos assim que desrespeitassem a televisão, mas Saoirse amara tanto o avô que o ouviria atentamente mesmo que ele lesse os ingredientes de uma sopa enlatada.

– Existe uma fileira de espiráculos ao longo das rochas, entre o cais e White Rock. A ideia era que um grupo de nós, os jovens, disparasse por ela durante a maré alta, evitando os gêiseres. O segredo estava na cronometragem.

– Você chegou a ganhar, vovô? – Saoirse muitas vezes perguntara, e o homem sempre fingira sentir-se ofendido.

– Se cheguei a ganhar? Se este camarada aqui já ganhou? Simplesmente detenho o recorde. Trinta segundos cravados, e as roupas sempre secas. Pra que Olimpíadas? Eu adoraria ver aquele amiguinho da Quicksilver correr pelos espiráculos. Isso daria jeito nele.

E naquele momento Saoirse Tory correria pelos espiráculos, ainda que não só para bater o recorde do avô. Defenderia sua vida, e possivelmente outras também.

Saoirse cerrou os punhos, agarrou-se à sua determinação e abandonou a proteção da muralha externa da prisão, indo para uma prancha achatada de granito. Retumbava com a passagem do Mar Celta e estava esburacada com milhares de traiçoeiras piscinas rochosas.

Trinta segundos, ela pensou. *O meio minuto mais longo da minha vida. Ou talvez o último.*

Spin Zhuk se esquecera por completo dos seus escrúpulos anteriores.

Essa garota está provocando problemas demais com suas molas ridículas.

Ridículas, mas eficazes. Os discípulos do Mandarim passaram tanto tempo certificando-se de que Tony Stark não fugisse que se esqueceram de prestar atenção à menina, e naquele instante ela havia desaparecido.

Não. Não havia desaparecido. Estava correndo.

Parecia impossível que a menina irlandesa conseguisse escapar. Cometera um erro básico ao deixar o abrigo. Spin precisava apenas de um tiro certeiro. Mas a fina névoa da água do mar que efervescia nas rochas, recarregada pelas ondas que se quebravam, acabava atrapalhando-a.

Um pouco mais perto, pensou Spin. *Só preciso ficar um pouco mais perto. Mais dez segundos e acabamos com tudo.*

Correu atrás de Saoirse com passadas seguras. Quando criança, brincara nas colinas Zamkova Hora, em Kiev, portanto aquela extensão de rocha achatada representava um desafio pequeno.

Mas era estranho o chacoalhar da superfície com a força do oceano e um murmúrio baixo emanado das chaminés rochosas como os resmungos de um ogro adormecido.

Spin ergueu a arma, sem dispará-la. Não ainda. Numa ilha tão pequena, o Mandarim ouviria o tiro, e caso houvesse a necessidade de um segundo tiro, ele se perguntaria a causa. Então, ela seria forçada a admitir que estava perseguindo a garota, e toda aquela história embaraçosa viria à tona. E talvez o Mandarim acabasse desgostoso. Portanto, um tiro apenas, e ela ainda não tinha certeza quanto ao alvo, pois a irritante garota passava de lado a lado de modo imprevisível, quase como se não desejasse ser morta.

Ou, talvez, ela esteja esperando algo.

Nesse momento, sob a superfície rochosa, uma onda baixa entrou trovejando na cavidade abaixo, uma onda perfeita para encher os espiráculos. Em seguida, como incontáveis ondas antes dela, bateu na parede da caverna com tal força que logo se dispersou de volta ao longo da superfície, criando colunas de água que passaram pela dúzia de fissuras até a superfície.

O som está mudando, Spin Zhuk pensou. *O ogro despertou.*

Mais adiante, Saoirse se inclinou para a esquerda um milissegundo antes que um jato sibilante de água irrompesse onde seus pés haviam estado. Um momento depois, outro jorro explodiu de uma fissura, mas Saoirse se desviou mais uma vez, e Spin Zhuk podia jurar que a menina gargalhava.

Louca, pensou Spin. *A menina está louca.*

Em seguida, com pouco menos que um sibilo de alerta, uma tromba d'água surgiu entre os pés de Spin Zhuk e explodiu no corpo dela, atingindo-lhe a mandíbula e arrancando-lhe a arma da mão. Spin cambaleou para trás, um péssimo movimento, porque meio que se sentou em outra tromba d'água, que a lançou uns três metros acima, debatendo-se na serpente translúcida até conseguir sair aos borbotões do espiral úmido e despencar sem ar nas pedras escorregadias.

Duas costelas fraturadas, ela pensou quando os espiráculos finalmente se aquietaram, e a respiração voltou ao normal. *Pelo menos duas.*

Nada havia a ser feito em relação às fraturas a não ser enfaixar as costelas, o que faria mais tarde, furtivamente.

Spin rolou para o lado e olhou para a direção que a irlandezinha seguira.

E se retraiu com uma careta de frustração e de dor.

Saoirse desaparecera. Claro. Aquela era a ilha dela, e a garota engenhosa se enredaria por ali e jamais seria encontrada por um desconhecido.

E agora?

Como Spin se manteria viva? Em primeiro lugar, questionara o Mandarim, em segundo, fracassara em obedecer às ordens dele. O Mandarim testava aqueles que o questionavam, mas não tolerava o fracasso. Dizia a lenda que o homem um dia estrangulara um lacaio por ter lhe servido chá de cardamomo em vez de chá de flor de hibisco.

Spin viu que sua Sig Sauer caíra a menos de três metros, por isso, com a rapidez que os ferimentos e tremores lhe permitiram, ela manquejou pelas rochas, recuperou a arma e se afastou apressada para longe daquele campo minado de água, antes que os espiráculos a atacassem mais uma vez.

A menina se fora. E, se tivesse um mínimo de juízo, permaneceria escondida até que seus inimigos partissem.

Bastaria que soubessem que a irlandezinha estava morta. Afinal, se Saoirse Tory tivesse morrido nas rochas, Spin Zhuk viveria.

Spin Zhuk armou a pistola e atirou uma única vez para o céu matutino.

Cole Vanger pairou acima do centro de convenções no cais do porto de Dublin, com o inconfundível átrio de vidro que dividia a construção como um barril de cerveja futurista, atravessada por escadarias e grades. Haviam modificado o átrio para permitir o acesso do Homem de Ferro através dos painéis do teto, de modo que ele descesse devagar até o interior da estrutura, atravessando oito andares e aterrissando num carpete verde especialmente encomendado na Ceadogán, ao redor do qual os representantes do meio ambiente se reuniriam, aplaudindo com educação. Uma imagem excepcional para a televisão.

– Idiotas – disse Vanger baixo, embora não devesse dizer nem isso. Tantos lasers perscrutavam seu traje que nem um centímetro quadrado era deixado de lado. Alvos acoplados foram adquiridos para os helicópteros de guerra do cais, e a Força Aérea Real recebera permissão especial para manter dois jatos Tornados a dois quilômetros de distância, com mísseis prontos para atirar. Cole Vanger sabia que era esse basicamente o procedimento padrão, mas, mesmo assim, não conseguia deixar de levar para o lado pessoal.

Toda vez que uma sonda investigava o traje, os sensores do Homem de Ferro registravam o processo, identificavam a fonte e enviavam de volta a informação que a agência de investigação esperava registrar. Com todos os computadores em alerta, Vanger sentia como se pairasse dentro de um xilofone.

– Idiotas – repetiu ele, e não tinha como evitar. Como aqueles idiotas acreditavam que a tecnologia inferior que detinham superaria de alguma maneira a maravilha mecânica do Stark?

Ele se sentia um deus pairando sobre aquelas formigas insignificantes. Ansiava liberar seus lança-chamas escondidos nas manoplas e observar as formigas se retraírem e se retorcerem.

Sou o deus do fogo, pensou, e essa percepção o satisfez. *Como Stark quer servir a essas pessoas quando poderia governá-las?*

O Mandarim modificara o traje de modo que parecesse perfeitamente seguro em qualquer inspeção. Naturalmente, nenhuma arma apareceria. Quem levaria armas escondidas para uma cúpula do meio ambiente? O traje mostrava as leituras biológicas de Tony Stark, e um codificador de voz transformaria a de Vanger na inconfundível de Stark. Vanger chegara, inclusive, a estudar os padrões de fala de Stark para que o conteúdo da comunicação não deixasse ninguém desconfiado.

Vanger os enxergava naquele instante atrás das excelentes lentes do capacete: os atiradores de elite, os diversos grupos de policiais, a imprensa mundial, todos avidamente à espera da chegada do grande Tony Stark.

Preparem-se, tolos, pensou Vanger. *O mundo logo mudará para sempre, e vocês estão aqui para testemunhar isso. Pelo menos aqueles que sobreviverem.*

Enfim, aconteceu a ligação que estivera esperando, a voz com um sotaque irlandês.

– Dublin chamando, senhor Stark. Sou o inspetor Conroy. É você aí dentro, Tony?

Vanger aceitou a ligação com uma piscadela.

– Claro, meu chapa. Quem você estava esperando, o Papai Noel?

O agente de segurança riu.

– Sim, claro. Você é meio imprevisível e tal. Vai saber se emprestou esse traje para um dos seus amigos do showbiz. Até onde sei, o seu amigo Bruce Springsteen poderia estar aí.

Vanger jurou que se certificaria de torrar o sujeito.

– Verifique seu equipamento, meu chapa. Cem por cento Tony Stark.

– Ei, aproveitando enquanto estamos conversando, você não me passaria o número da Taylor Swift? Sou meio fã dela. Não me canso daquele *shake it off*, se é que me entende.

– Vou ver o que posso fazer por você, meu amigo. Mas agora temos alguns representantes do meio ambiente à espera, não é?

– Sim, claro, Tony boy. Vamos explodir o teto dessa estufa. Venha no seu ritmo. Está liberado para aterrissagem, como dizem os caras.

Vanger fez uma carranca escondida pela placa metálica que lhe cobria o rosto. Aquele não parecia o jargão de segurança regulamentado pelo inspetor Conroy, mas, em retrospecto, ele mesmo estava prestes a sair um pouco da norma ao liberar o tsunami de napalm e fogo dentro do átrio. O vidro derreteria como placas de gelo sobre uma grelha de churrasco.

Vanger conhecia os nomes pelos quais secretamente o chamavam: *Incendiário. Garoto dos Fósforos. Piromaníaco.* Tudo para minimizar sua obsessão por fogo, para fazê-la parecer fraca e sem importância.

Depois de hoje, serei levado a sério. Afinal, vou deixar uma marca infernal.

Vanger sorriu ameaçador e reverteu os repulsores, abaixando o traje do Homem de Ferro em direção ao painel no telhado do átrio, o qual deslizava para dar-lhe passagem.

Todos eles arderão para a glória do Mandarim, ele pensou. *E o Homem de Ferro se erguerá da pira dos ossos carbonizados, marcado para sempre como terrorista. Marcado pelo Pyro.*

Tony chegara bem a tempo de perceber que estava atrasado. Praguejou, depois disse para si mesmo:

– Vanger está dentro do centro de convenções.

A situação era ainda mais grave do que Stark imaginara. Normalmente, quando o Homem de Ferro aparecia numa festa, o público também aparecia aos montes, o que costumava elevar o ego de Tony ao que Rhodey chamava de Nível Quatro de Diva. Esperava que menos pessoas ali se reunissem naquele dia, devido à potencial carnificina, mas parecia que o Homem de Ferro era tão popular deste lado do Atlântico quanto na ensolarada Califórnia. Para falar a verdade, ele parecia ainda *mais* popular ali. Uma multidão se espremia com tamanha alegria no cais todo, que a famosa Ponte Samuel Beckett, com seus cabos em formato de harpa, parecia frágil demais para aguentar os milhares de civis nela aglomerados.

Meu deus, Tony pensou. *O dano colateral humano seria impensável. Vanger poderia acabar com metade da cidade.*

O Protótony invadiu os pensamentos de Stark:

– Acho que ele está desembainhando.

Verdade. Através dos painéis de vidro, Tony conseguia ver a retração da armadura nas manoplas de Vanger, os bicos dos amados lança-chamas por baixo. Luzes pilotos azuis idênticas surgiram nas pontas.

– Coloque-me em comunicação com ele – ordenou Tony.

– Não entendo o motivo – disse Protótony. – Não vai convencer o cara a desistir só na conversa.

– Não vou fazer isso – retrucou Tony. – Tentarei distraí-lo.

– Estou passando você para ele agora, T-Star.

– E que tal um pouco de música de combate?

– Algum pedido em particular?

Tony nem precisou pensar muito. Era a hora de acionar a sua música de combate predileta.

– Ah, acho que precisamos de alguma coisa canadense.

Cole Vanger se sentia todo-poderoso, como se o combustível armazenado nos canos fosse seu próprio sangue. De uma maneira metafórica, até era, porque Vanger passara anos misturando seu coquetel incendiário, que incluía gasolina, napalm e uma pitada de combustível de avião. Saía limpo do bico e queimava através de chapas de aço. E dentro daquela estrutura, na realidade basicamente um forno, as chamas profanas fritariam até os ossos as pessoas ali. Mas não Vanger, que estaria a salvo no traje, e então ele pensou que os momentos dentro do seu adorado fogo seriam os mais felizes da sua vida.

Vanger ativou as luzes-piloto, literalmente a um passo de soltar o fogo dos infernos, quando um solo de guitarra conhecido explodiu em seus fones de ouvido.

Cole Vanger conhecia o clássico rock do Rush: "Tom Sawyer".

– O que significa isso?! – exclamou.

O volume era ensurdecedor. Quem invadiria o capacete que usava?

A suspeita repentina de Cole Vanger se confirmou pela voz que lhe soou nos ouvidos.

– Aposto como já está entendendo agora, Vanger – disse Tony Stark, que, de alguma forma, escapara do destino.

– Stark! – rugiu Vanger, furioso porque seu momento de glória estava sendo adiado. – Onde você está?

– Por que não olha para cima e descobre por si só, fagulhinha?

Vanger obedeceu à sugestão, e nesse momento o traje médico do Homem de Ferro entrou no átrio, quebrando o vidro no andar térreo e atacando Vanger por baixo.

Distração clássica de Stark.

Tony estava todo “aposto como já está entendendo agora” e “por que não olha pra cima e descobre por si só, fagulhinha”. Em outras palavras, o padrão de sempre. Mas, dentro do traje de ambulância, ele suava em bicas e se sentia muito inseguro quanto ao seu futuro iminente e ao dos milhares de espectadores.

Vanger precisa apenas acionar um dos lança-chamas e haverá um número enorme de baixas.

E, apesar de não ser aquele que puxaria o gatilho, por assim dizer, Tony sabia que indiretamente o responsabilizariam.

Indiretamente? Acho que está pegando leve demais.

Verdade. O traje era dele; logo, a responsabilidade também.

Com grandes poderes... etc. etc.

E, se havia uma coisa que Tony sempre odiara, era responsabilidade.

Então é melhor garantir que ninguém morra hoje.

Ciência para iniciantes que o fogo detestava a água, portanto, o plano de Tony era submergir Vanger até que as chamas dele apagassem, o que a princípio funcionou.

Ambos colidiram no ar acima dos representantes do meio ambiente, que não reagiram com a presteza esperada por Tony. Na verdade, sorriram e bateram palmas, como se a cena fosse parte de um espetáculo, até que as equipes de segurança enfim os conduziram apressadamente para as diversas limusines à prova de balas estacionadas em várias saídas estratégicas.

A aceleração de Tony deslocou os dois trajes, através do painel lateral, para cima do rio. Tony já pressentia a luta desigual que ocorreria, pois seu traje era peso-pena em comparação ao Pacote de Festa reforçado. Sentia-se um macaco brigando com um elefante. Só lhe restavam de positivo o elemento surpresa e a astúcia.

Ambos desabavam no ar, com Tony socando Vanger pelo caminho. Com muito mais horas de voo do que o outro homem, as reações de Tony eram mais sintonizadas para o combate em pleno ar, e conseguira acertar uma bela dúzia de socos em Vanger antes de ele nem sequer perceber o que estava acontecendo. Tony bem que gostaria que os danos fossem mais graves, mas só conseguira criar uma rachadura no painel peitoral do inimigo.

– Maravilhoso! – disse Protótony. – Estou adorando. Manda ver nesse babaca, T-Star. Acabe logo com esse menino mau.

– Cale a boca e manipule minhas pernas – grunhiu Tony. – Acione os joelhos. E encontre um ponto fraco.

– Pernas e ponto fraco – repetiu Protótony, ignorando a ordem de calar a boca. A IA fez os joelhos de Tony agirem como pistões na região abdominal de Vanger, numa velocidade que pulverizaria por completo os ossos de ambos os homens caso não vestissem armaduras.

– Estamos brigando? – Vanger perguntou, recuperando a sagacidade. – Porque não estou sentindo nada.

Tony seguiu em frente. Sabia que a força relativamente fraca produzida pelos seus motores não provocaria danos significativos no Pacote de Festa reforçado, mas não vislumbrava outra alternativa. Ou lutaria ou apenas se sentaria e assistiria a sua criação exterminar parte das pessoas mais importantes do planeta.

Continue falando, ele pensou ao desferir mais socos. *Preciso encontrar o tal do ponto fraco.*

E existiria um ponto fraco. Tony Stark conhecia engenharia, e não havia modo de afixar tantos complementos sem sobrecarregar um ponto de estresse em algum lugar. Os trajes do Homem de Ferro eram maravilhas da perfeição, obtidas após dezenas de protótipos, muitos dos primeiros simplesmente acabando em pedaços. O osso do quadril é ligado ao da coxa, como todos bem sabem, só que nos trajes do Homem de Ferro havia, por assim dizer, mil ossos no quadril, portanto, uma mínima alteração no calibre do repulsor poderia ter efeitos catastróficos no sistema do traje.

Continuaram desabando pelo céu da manhã até as águas escuras do Liffey, onde se chocaram ao longo do leito do rio. Protótony obedeceu às ordens com gosto, e Tony se sentiu aliviado por não sentir nada da cintura para baixo, ou sua vida viraria um imenso berro.

– Só isso? – provocou Vanger, parecendo contente com a briga após ter certeza de que Tony Stark pouco carregava no tanque. – Quer brincar de futebol de botão, Stark? Talvez tricotar uns suéteres para alguns cachorros?

Sem dúvida, um material de qualidade, mas Tony não se juntou à brincadeira. Preocupava-se com todos os sinais de alerta que subitamente apareceram na sua tela.

Pressão. Oxigênio. Bateria. Iminente falha de motor.

Vamos lá, P-Tone, pensou ele, *encontre uma brecha para mim.*

– O que aconteceria se eu de fato acertasse você? – perguntou-se Vanger, que, na verdade, não estava se perguntando; estava prevendo. Sem esperar a resposta de Tony, ele desferiu um golpe potente no plexo solar do traje ambulância, lançando o bilionário para a lama, onde os dedos dos pés e das mãos cravaram sulcos profundos.

– Aaaaiiii – disse Protótony –, isso deve ter doído, T-Star. Estou muito feliz em não ser humano agora. Até os meus terabytes estão se retraindo.

As pernas de Tony começavam a doer, e ele devia ter sofrido uma concussão, e, provavelmente, estava em estado de choque, portanto, incapaz de tomar decisões responsáveis. O que se tornou óbvio quando tossiu e disse:

– Encontre um modo de eu acabar com esse louco.

Protótony gargalhou de verdade.

– Acabar com ele? Por alguns segundos a briga até que foi boa, mas estamos acabados, querido. Deite-se e respire devagar até que o barco chegue aqui.

Através da água lamacenta, Tony viu Vanger apontar um dedo.

– Fique aí, Stark – ele disse, a voz zunindo nos fones de ouvido estragados de Tony. – Tenho algumas pessoas para fritar, mas volto logo.

Sem falar mais nada, ele disparou para longe do rio rumo ao céu.

Normalmente sou eu quem faz isso, Tony pensou. Daí perguntou a Protótony:

– Encontrou uma brecha?

– Sim e não. Quero dizer, nem quero mencioná-la porque você nada poderá fazer.

– Mencione – disse Tony, direcionando energia para as botas. – Rápido.

– Ok, devagar aí. Encontrei uma brecha. Na verdade, encontrei uma centena, o que torna isso impossível. Os canos dos lança-chamas estão entrelaçados ao traje. Esses canos superaquecem bem rápido, a menos que sejam ventilados, e são. Quem quer que tenha modificado o traje, desviou a ventilação direto da armadura.

A dedução de Stark estava a quilômetros das palavras da IA.

– Portanto, se eu conseguisse cobrir alguns desses dutos de ventilação, o traje acabaria comprometido.

– Pra dizer o mínimo – afirmou Protótony. – Mas você teria que cobrir *todos* os respiradouros e os próprios lança-chamas. E não consigo ver um modo de fazer isso.

– Sim, você consegue – disse Tony ao disparar no rastro de Vanger.

O mergulho não afetara em nada os lança-chamas de Vanger. Afinal, que espécie de idiota partiria numa missão acima da água num país castigado pela chuva como a Irlanda sem um equipamento à prova d'água? *Um idiota completo* seria a resposta. Cole Vanger era muitas coisas, mas não um completo idiota, pelo menos no que se referia ao equipamento. Claro, ele tendia a perder as estribeiras, tinha um temperamento *flamejante*, rá-rá. Mas, quando estava no turbilhão da ação, era a pessoa mais tranquila em campo. Lutar com Tony Stark sob a água talvez fosse demais para os nervos de algumas pessoas, mas não para os de Vanger. Ele tinha uma missão a cumprir, e o equipamento para realizá-la. E também tinha autoconfiança, e aos montes. Não era presunçoso quanto às suas habilidades. Homens presunçosos tendiam a não durar muito no mundo dele. Mas a autoconfiança de Vanger lhe permitia se adaptar à mudança de situações.

Como naquele momento, por exemplo. O plano evidentemente resultara num fracasso colossal. Os representantes do meio ambiente debandaram para os devidos carros. Mas, infelizmente para eles, a multidão era tamanha que só existia uma saída daquele local: ao longo da Ponte Samuel Beckett. Mesmo enquanto estivera dilacerando os órgãos internos de Stark com socos, ele conseguira planejar seu arco ascendente de modo a emergir do rio nivelado com a ponte. Um jato dos lança-chamas e o sujeito criaria um buraco ali maior do que o da camada de ozônio que os caras vinham tentando tapar.

Dentro do capacete, Vanger sorriu. Estava relaxado, fazendo piadas e coisas do tipo.

Depois debulhou os antebraços, e os painéis armados se retraíram, revelando as luzes-piloto por baixo deles.

– Hora de fritar – ele disse, expressão que considerava adotar como bordão, e lançou os jatos líquidos ardentes e chamas na direção dos cabos acima da ponte, deliciando-se com os gemidos e os zunidos agudos à medida que eles se esticavam e se rompiam. Poderia simplesmente ter derretido os carros, e logo faria isso, só para ter certeza, mas não pôde deixar de apreciar um disparo extra do belo fogo líquido.

Por um momento, ficou hipnotizado pela dança das chamas. Vislumbrou diabretes retorcendo-se em cada bolha de metal fundido antes de piscar e despejar os jatos de novo.

Tony emergiu da água a tempo de ver o primeiro jato atravessar o sistema de cabos. Felizmente, Vanger parecia distraído; simplesmente pairava ali sem concluir de vez o trabalho, dando ao traje surrado de Tony o segundo de que ele precisava para usar as derradeiras forças a fim de se equiparar a ele.

Bem quando Vanger liberou o combustível letal, Tony fechou os dedos das luvas diante dos bicos de Pyro e liberou os extintores do traje médico, os quais, abrigados em unidades iguais de pressão nas manoplas, eram disparados pelas pontas dos dedos. Os propulsores de ar direcionaram o agente extintor de fogo de espuma a partir das pontas dos dedos de Tony, cobrindo os lança-chamas de Vanger e temporariamente apagando o fogo. Além disso, a espuma enrijecia em contato com o ar, formando um lacre sobre os bicos.

Os carros na ponte estavam a salvo – por enquanto. E esse "por enquanto" seria bem breve, como se alguém estivesse contando um, dois, três e pronto.

A menos que Tony Stark escondesse mais algum truque na manga. E ele escondia. Literalmente.

– Não salvou ninguém, Stark – comentou Vanger. – Vou queimar essa sua gosma e fritar você até ficar bem torradinho.

E Tony Stark disse:

– Protocolo de transferência 29. Cancelamento de segurança pessoal.

– *Vinte e nove?* – repetiu Vanger. – Que diabos é isso? – E, enquanto fazia a pergunta, o autoproclamado Pyro aumentava o calor, queimando a casca que cobria os lança-chamas.

– Eu não estava falando com você – retrucou Tony.

– Protocolo de transferência 29? – perguntou Protótony. – Pare, T-Star. Não me obrigue a fazer isso. Não quero ser conhecido como a IA que destruiu o chefe.

– Obedeça – disse Tony, a voz apenas meio trêmula. – Agora.

E Protótony obedeceu à ordem.

Na verdade, só existia um protocolo de transferência, e não vinte e nove. Tony nomeou a operação em homenagem à cobra mais comprida já mensurada, uma anaconda da América do Sul que chegou a medir vinte e nove pés, o equivalente a quase nove metros. Na verdade, o nome não tinha nada a ver com o comprimento da coisa em si, mas devia-se ao fato de a mensuração ter sido feita a partir da pele descamada intacta do animal. O relevante naquela situação era que, em momentos de necessidade, a jiboia se livrava da própria pele. No traje médico havia um protocolo semelhante, por meio do qual ele poderia ser transferido de um paciente a outro com extrema rapidez se as circunstâncias assim o ditassem. Por exemplo, num cenário com múltiplas vítimas onde um paciente fora estabilizado e outro estivesse em condições críticas, a configuração do traje médico lhe permitia ejetar o paciente A e envolver o paciente B, caso considerasse que o A necessitasse menos de tratamento médico que o B. Definitivamente, não era o caso naquele momento, mas Tony Stark cancelara a autonomia do traje com sua própria voz e, portanto, a Protótony não restava outra opção senão obedecer.

O traje médico emitiu um som similar a um *cabrum* enquanto cada placa se revertia sozinha e rastejava na direção de Vanger, encasulando o traje dele, os lacres distendendo-se para cobrir o volume maior. Cole Vanger nem sequer teve tempo de perceber o que estava acontecendo antes que seu peso aumentasse drasticamente e todos os respiradouros ficassem bloqueados.

Muito simples o plano de Tony. Como Vanger se tornara pesado demais para voar, e os bicos estavam permanentemente selados, o traje duplo o faria mergulhar como uma pedra até o leito do rio até que a polícia do porto enviasse alguns mergulhadores para lá.

– Desista, Vanger – Tony gritou na placa do rosto de Pyro. – Você não tem saída. – Daí ele não conseguiu mais se segurar e caiu rumo à água enregelante satisfeito – o tanto que conseguia se satisfazer naquele estado miserável – por ter salvado tantas vidas sem perder nenhuma.

No entanto, Tony não sabia, e não teria como saber, que Vanger modificara o traje, o que lhe parecera uma boa ideia, mas que complicaria bastante a sua vida.

Os dutos de ventilação que Vanger inserira no Pacote de Festa representariam o fim do sujeito. Essas aberturas, por não fazerem parte do projeto original do Homem de Ferro, não apareciam em nenhuma verificação de sistema. Por isso Vanger, alheio ao perigo, acionou o fogo em pressão excessiva, convicto de que só lhe restava despejar o fogo dos infernos e queimar o que quer que estivesse bloqueando os canos. Infelizmente, para ele, os bicos continuavam bloqueados, e o sistema de resfriamento e ventilação estava completamente enclausurado pela segunda armadura, o que levou o Pacote de Festa a se aquecer muito rapidamente. Na verdade, em menos de dez segundos a temperatura se elevou em tamanha velocidade que o aparato improvisado de lançar chamas eminentemente se consumiu e explodiu, o que, a essa altura, foi um alívio para o pobre Cole Vanger, pois bem no final percebeu que não era tão fã assim de fogo quanto acreditara.

Tampouco para Tony Stark o trajeto representou um passeio. Ele foi ejetado do traje uns seis metros acima da água turva, protegido apenas pelo traje de ginástica saído de moda alguns anos atrás e pelo material inflável nas pernas. Nos dez segundos em que o infeliz Cole Vanger levou para se superaquecer, Tony despencou no oceano com uma admirável falta de elegância para alguém costumeiramente tão coordenado. Um repórter pouco gentil mais tarde descreveria o mergulho como "uma queda da honra", e Rhodey gargalharia ao ver o meme. Em seguida, Tony se ofenderia, e os dois acabariam brigando e derrubando um dispendioso vaso Guggi com borda de latão. Mas Tony não pensava que acabaria ofendido enquanto caía; ele percebera que nunca vira sua bunda daquele ângulo antes e que deveria fazer alguns exercícios para os glúteos, caso sobrevivesse. Em seguida, já na água, observava semiconsciente enquanto Vanger se transformava numa supernova aérea, pensando atordoado *Que cores lindas*, antes que a temperatura glacial o deixasse alerta e o material até a altura das coxas o fizesse flutuar.

Portanto, não. Não fora um passeio no parque para Tony Stark. A situação estava mais para um naufrágio em alto-mar.

Tony ainda boiou por alguns minutos, desfrutando o fato de não estar morto e ignorando as centenas de fãs do Homem de Ferro fotografando-o das margens.

Um loiro esguio apressou-se até o centro da ponte enquanto todos os outros corriam na direção oposta. Pendurando-se no parapeito de grade, que pendia perigosamente, apontou um megafone para Tony.

– Senhor Stark, é o senhor mesmo?

Tony não sabia bem como responder à pergunta.

– Hum... Sim. Sou eu mesmo.

– Pensei isso, a menos que fosse outra pessoa, o que, a propósito, aconteceu antes. Sou o inspetor Conroy, do serviço de segurança irlandês. Cá entre nós, posso afirmar que salvamos o dia.

Tony riu, e o movimento do corpo espalhou as ondas de dor pelas pernas.

– Imagino que salvamos de verdade.

– O outro sujeito, que se assumiu como o senhor antes, era meio mal-humorado, não? Com todos aqueles *silvos* e tal.

– Mal-humorado. Bem, essa é uma forma de descrevê-lo. E ele certamente andou *silvando*.

– E vou lhe contar mais uma coisa – prosseguiu Conroy. – O senhor é muito corajoso, mergulhando nessa água. Tenho certeza de que a quantidade de bactérias aí nem pode ser quantificada. O senhor vai vazar pelo buraco de cima e o de baixo por algumas semanas.

Tony percebeu que a Irlanda diferia bastante de outros países, e descobriu que gostava do tal de Conroy, mesmo ambos conversando normalmente na mais anormal das circunstâncias. Também percebeu como o inspetor procurava avaliar a situação e falava com seriedade no rádio ao mesmo tempo em que jogava conversa fora com Tony, e deduziu que talvez o cara fosse muito mais inteligente do que o papo-furado sugeria.

– Está vendo minhas pernas quebradas, inspetor?

Conroy fez uma careta.

– Sim. Vejo mais ângulos nelas do que em galhos sem folhas no inverno. Eu o estava distraindo, o que é uma técnica, sabia? Negociadores em sequestros adoram tanto isso que nunca se satisfazem. Os mágicos também. Como aquele tal de Blaine.

– Está me distraindo de novo, não é?

– Isso mesmo, senhor Stark. Que tal eu e o senhor jogarmos uma boa conversa fora enquanto o barco salva-vidas não chega? Estarão aqui em alguns minutos.

Tony pensou que seria maravilhoso "jogar uma boa conversa fora" com o encantador inspetor, mas logo se lembrou de que esta questão estava longe de acabar.

Ele tossiu, livrando-se do resto da água ainda na garganta, e perguntou baixinho:

– Protótony, você está por aí ou já voltou correndo para a base?

O diminuto microfone inserido no fone de ouvido de Tony captou a pergunta.

– Continuo no seu ouvido, T-Star – respondeu a IA. – Você sabe que P-Tone só o abandonaria se fosse absolutamente necessário.

– A que distância está o iate?

– Já o chamei. Chega em dois minutos, no máximo.

– Ótimo. Peça mais analgésicos. E café. E uma roupa térmica. Talvez um cheeseburger.

– Certo, chefe. Mais alguma coisa?

Tony pensou no Mandarim, que provocara toda aquela confusão, e estremeceu de frio e de raiva.

– Sim. Ligue a impressora 3D. Preciso de equipamento novo.

A microfonia no megafone de Conroy desviou a atenção de Tony do próprio ouvido.

– Com quem está falando aí, senhor Tony boy? – o inspetor perguntou. – Está ouvindo vozes? A dor está gerando essa impressão. Ela faz um homem ver e ouvir coisas. Uma vez fraturei o nariz e acreditei ter visto o Papa-léguas. E pode crer como esse sujeito é só um personagem de cartoon.

Tony sorriu.

– Quero esse cara na minha lista de empregados – disse a Protótony. – Seria capaz de ficar ouvindo-o o dia inteiro.

– Mas não hoje, T-Star?

– Não, não hoje – concordou Tony, pensando em Saoirse. Deixara-a à mercê do Mandarim; embora sem escolha, não se sentia confortável diante de tal situação. – Hoje estou numa missão.

– De que tipo?

Tony desviou os olhos e vislumbrou o *Tanngrisnir* flutuando pela água no piloto automático.

– Não tenho certeza ainda – respondeu sério. – Pode ser uma missão de resgate ou de vingança.

Setenta segundos mais tarde, o iate Stark se aproximou, mergulhou uma concha robótica no rio e carregou o filantropo playboy bilionário na direção da Baía de Dublin.

– Olha só pra isso... – disse o inspetor a ninguém em especial. – O cara tem uma concha enorme no iate. Dinheiro pra jogar fora. – Conroy estava na metade do caminho para a margem quando lhe ocorreu que possivelmente pedira ao Tony errado os contatos da Taylor Swift. – Oportunidade perdida, inspetor – falou para si mesmo. – Uma chance de ouro desperdiçada.

Em seguida, mais uma ideia lhe ocorreu: se permitisse que Tony Stark velejasse para longe daquela situação complicada, os chefões arrancariam as tripas dele e as usariam como gravata.

– Espere aí, Tony boy – ele chamou, correndo na direção do iate. – Sei que somos amigos e tal, mas o senhor precisa responder a algumas perguntas bem sérias. Por exemplo, como um dos seus trajes acabou de atacar o centro de convenções?

Nesse momento, a ponte interditada oscilou perigosamente, os cabos ondulando como cordas de pular, e o inspetor Conroy se viu sozinho no local prestes a despencar no rio Liffey.

Diavolo, meu rapaz, ele pensou, *esta é uma daquelas situações complicadas para as quais você foi treinado. Pense rápido.*

A mãe do Diavolo Conroy com frequência repetira a velha piada: "Isto aqui é pra pensar, Diavolo", apontando para a cabeça, "e isto aqui pra dançar", apontando para os pés. Conroy sempre acreditou que fosse uma afirmação óbvia, mas, naquele instante, entendeu que era hora de dançar em vez de pensar. Assim, os pés do sujeito criaram um cérebro próprio e o levaram dançando em meio à chuva de metal derretido, desviando-o dos cabos que despencavam, rumo à passarela que afundara a tal ponto que se transformara num corredor por meio do qual Conroy alcançaria o teto da cabina do *Tanngrisnir*.

Uma maneira tão bizarra de fugir de um perigo mortal que Diavolo Conroy mal conseguia acreditar que de fato acontecera.

– Você provavelmente está em estado de choque, só pode ser – disse para si mesmo, depois alisou os cabelos louros escuros para trás e desceu a escada até o deque principal. E constatou que bem a tempo, pois, caso ainda estivesse no alto quando Tony Stark acelerou ao máximo, teria sido lançado do teto como um inseto.

9
O PLANO DE CONTINGÊNCIA

A bordo do barco do Mandarim, o clima estava sério, para dizer o mínimo. A comunicação permitida com o mundo exterior se limitava a uma velha televisão com antena sintonizada num canal de notícias irlandês. E, por mais que fossem interessantes, não eram as que o Mandarim e sua reduzida equipe esperaram ouvir.

O Mandarim se permitiu uma manifestação de raiva, criando um buraco na tela da TV com um soco, o que provocou uma série impressionante de fagulhas e uma pequena explosão.

– Que o diabo o carregue, Tony Stark – disse ele, e sua equipe se retraiu nas paredes da cozinha, afastando-se dos braços do homem.

Spin Zhuk agiu com mais lentidão, e o Mandarim a prensou contra a geladeira, os dedos envolvendo-lhe a garganta.

– A garota está morta? – exigiu saber.

– Sim, *chef* – respondeu Spin. – Um tiro. Você ouviu.

– Todos ouvimos um tiro, mas você conhece o procedimento. Faltou a prova fotográfica da morte.

– Ela era apenas uma criança, e não a considerei uma ameaça.

Os dedos do Mandarim apertaram mais.

– Essa menina hackeou o Homem de Ferro, e você não a considerou uma ameaça?

Spin respondeu numa voz rouca:

– De todo modo, as ondas a estavam levando e a cabeça da criança estava quase toda estourada. Juro, *chef*.

O Mandarim encarou os olhos de Zhuk, e a motorista ucraniana juraria que as lembranças do acontecimento se abriam para aquele homem, cujos olhos esverdeados pareciam se encravar no interior dela para separar as verdades das mentiras. No entanto, ele acabou soltando-lhe o pescoço e afagando a face trêmula da moça.

– Mas claro, Spin. Minha querida Spin. Sempre o meu soldado mais leal. Nunca me decepcionou. Eu estou, qual é mesmo a palavra? *Irritável*. Sim. Irritável. Devemos prosseguir sem o senhor Vanger.

– Está se *referrindo* ao plano B – disse Freddie Leveque.

O Mandarim girou na direção dele.

– Não, Freddie. O termo *plano B* sugere inferioridade na estratégia. Prefiro o nome plano de contingência. Sabemos por nossas fontes que alguns representantes estão na luxuosa propriedade do campo de golfe, o Royal G. Atacaremos ali. Não será um ataque com tanta audiência, mas pelo menos minha reputação permanecerá basicamente intacta, assim como nossa missão. Os outros dois representantes, creio que da Rússia e da Argentina, poderão ser pegos em outra data. Freddie, você apreciará essa responsabilidade.

– *Aprreciarrei* muito – concordou Leveque.

O Mandarim franziu o cenho.

– Em nome dos céus, Freddie, aprenda a pronunciar seus "erres". Você já tem quase quarenta anos. Eu lhe dou duas semanas; depois disso, haverá consequências.

O costumeiro sorriso arrogante se dissipou do rosto de Leveque. Já estava em terreno perigoso, passado para trás por Tony Stark, e naquele instante o *chef* resolvera implicar com o sotaque dele.

– Sim, *chef*... *Farrei*... farei isso... *immédiatement*.

– Muito bem – afirmou o Mandarim, parecendo satisfeito. – Eu lhe agradeço, e meus ouvidos também. E, agora, parece óbvio que o senhor Vanger não voltará, portanto, tire-nos daqui, senhorita Zhuk.

– Sim, *chef*. Já vamos partir.

– Bem escondidos o caminho todo. Velocidade baixa e nada de jatos. Se um pescador nos vir, quero que pense que estamos à toa. Temos tempo.

– Sim, *terremos* tempo – concordou Leveque, e depois se corrigiu: – *Teremos* tempo. *Mon dieu*, a situação *será* difícil.

– Sim, de fato – concordou o Mandarim. – Mas muito menos difícil do que comer com a boca costurada, não, *mon ami*?

Leveque instintivamente tateou os lábios num gesto de verificação, em seguida só assentiu em compreensão, sem querer arriscar outra frase. O Mandarim não fazia ameaças vãs. Freddie Leveque pessoalmente testemunhara quando o homem arrancara a cabeça de uma pessoa com três golpes de marreta. Leveque jamais se esqueceria do comentário do *chef* depois do trabalho concluído:

– Estou surpreso – dissera o Mandarim, levemente espantado. – Presumi que "arrancar a cabeça" de alguém fosse uma figura de linguagem, mas parece uma expressão enraizada na realidade. Por certo não é prático, mas possível. Interessante, *n'est-ce pas*, Freddie?

E até mesmo Freddie Leveque, conhecido pelo seu mau humor e pelos rompantes violentos, ficara chocado.

Portanto, quando o Mandarim ameaçou costurar a boca de Freddie, ele teve absoluta certeza de que o faria, mesmo por conta de alguma coisa tão trivial quanto uma pronúncia errada. E Leveque estava certo também de que não haveria anestesia.

Quando Spin Zhuk jurara ao chefe que as ondas haviam levado o corpo de Saoirse Tory, a motorista mentira, até onde poderia saber. Mas havia um quê de verdade nas suas palavras, pois as ondas arrastaram *mesmo* o corpo de Saoirse para longe, assim como a canhoeira clandestina do Mandarim, na qual Saoirse agora se escondia.

E por que, em nome dos céus e dos outros lugares pós-morte, a garota irlandesa se esconderia na embarcação de um assassino impiedoso que com frequência reiterara seu desejo de, no mínimo, vê-la morta?

Aqui segue a lógica da questão: Saoirse concluíra que o Mandarim e a tropa dele esquadrinhariam a ilha à sua procura, mas jamais pensariam em vasculhar o próprio barco. Afinal, que tipo de lunática se esconderia dentro da boca do tubarão? Também havia a possibilidade de ela conseguir roubar o barco, abandonando o grupo inteiro na ilha para uma súbita batida policial.

Por isso, quando os espiráculos temporariamente deslocaram Spin Zhuk do solo, Saoirse se enfiou numa ravina e fugiu em meio a sombras conhecidas, enganando a iludida quase captora. A autoconfiança da garota aumentava a cada passo nas rochas familiares, e o fantasma do avô a guiava pelo caminho.

Vinte e oito segundos, menina. Bateu meu recorde. Veja bem onde pisa agora. Há uma erva daninha escura nessa pedra. E ali, à sua esquerda, um apoio para as mãos. Lembra? Eu lhe mostrei quando perdeu sua faca no mar.

Só a imagem do avô bastava para acalmar a mente febril de Saoirse.

Eu poderia ficar aqui, ela percebeu, *em meio a estas ravinas, e eles jamais me encontrariam.*

Fora o avô quem conduzira a jovem Saoirse por longas caminhadas pela ilha durante o verão, explorando colinas e canais, observando peixes-cabras chocarem os narizes contra os paredões da enseada, e minúsculos caranguejos correrem pela areia como empresários apressados a caminho do trabalho. Também fora o avô, o marinheiro, quem lhe contara a respeito de Fourni e da labuta das pessoas em suas vidas cotidianas. Por causa do vovô Francis, Saoirse envolvera toda a escola na angariação de fundos para a construção do orfanato em Port Verdé. Por causa do avô, ela projetara o aplicativo de tradução que bancara grande parte do projeto. Por causa dele, visitara Port Verdé e conhecera as meninas que acabaram ajudadas pelos esforços da escola. E, por causa dos esforços dela, soubera que o avô se orgulhara da neta antes de morrer.

Portanto, não, não se esconderia nas ravinas.

O homem que conhecera como Joseph Chen a enganara. Tornara-a cúmplice de homicídios, e ela o deteria ou morreria tentando. Por essa razão, Saoirse Tory decidiu abandonar as trilhas e os refúgios da sua infância e retornar à briga.

A canhoeira, ela pensou, *talvez eu consiga passar uma mensagem pelo rádio para a guarda costeira. Se eu roubar a embarcação, o Mandarim ficará retido em Little Saltee até a chegada das autoridades.*

Saoirse desconhecia o modelo do barco, mas, passando a vida inteira rodeada por embarcações, estava confiante de que conseguiria decifrar os controles.

Afinal, pensou, *comandei o traje do Homem de Ferro.*

Com esse plano audacioso em mente, o qual alguns chamariam de bastante insano, Saoirse seguia o caminho alto da moralidade, que, de fato, era o trajeto baixo que levava dos rochedos de granito até o pequeno cais, esculpido nas rochas sólidas por cinzéis medievais.

A determinação da jovem quase foi pro brejo quando ouviu um único tiro que, por um instante, acreditou ser dirigido a ela, mas rapidamente percebeu que Spin Zhuk devia estar avisando aos demais que a garota desaparecera.

O tempo está passando, menina Saoirse, disse-lhe o avô no ouvido. *Aqueles sujeitos aparecerão dando a volta na montanha a qualquer segundo. Se está determinada a seguir seu plano, comece a se mexer.*

E no momento seguinte o fantasma de Tony Stark acrescentou: *Isso mesmo, Friday. Vamos ver o que você tem escondido dentro dessa cabeça.*

Por isso, Saoirse abandonou a proteção das rochas e disparou até o pequeno cais, pensando: *Agora Stark está na* minha *cabeça? Suponho que seja uma troca justa, como o vovô sempre dizia.*

A canhoeira parecia desprotegida e, com toda honestidade, nem se assemelhava a uma canhoeira. Freddie Leveque a chamava de *canhoeirro*, com aquele sotaque francês, o que Saoirse pensava ser até apropriado, pois rimava com cordeiro.

Como num lobo em pele de cordeiro. Rá-rá.

À primeira vista, a canhoeira parecia apenas uma traineira grande, que só soaria sinistra a um peixe. Não era um barco de fabricação grande, tendo talvez cinquenta e cinco pés de proa a popa, com um perfil lustroso para uma embarcação de trabalho. Nada muito estranho até alguém olhar mais atentamente e perceber que tinham reforçado a fuselagem e que no teto da cabina havia um porco-espinho de antenas capaz de invadir o sistema da CIA, o que de fato ocorrera duas vezes.

Por enquanto, o barco estava desprotegido, embora Saoirse soubesse que não permaneceria assim por muito tempo e, portanto, precisaria aproveitar essa janela de oportunidade enquanto estava entreaberta.

Saltou pela janela metafórica, na verdade uma porta, e sentiu-se aliviada pela segunda vez ao constatar que não havia ninguém na ponte de comando. Depois de se acomodar no banquinho diante do controle principal, ajustou-o até ela ficar nivelada com o console.

– Babaca – disse para o console, uma palavra injusta, visto que o console nada tinha de babaca. De fato, era um sistema de navegação e de vigilância de alta tecnologia, com dois mil bits de criptografia, praticamente impenetrável. Mas, no tocante a Saoirse, a palavra-chave ali era *praticamente.*

Consideravam o Homem de Ferro absolutamente seguro, e eu invadi o seu sistema.

E talvez Saoirse conseguisse mesmo invadi-lo, afinal, era muito inteligente, mas foi passada para trás pelo escâner de impressão digital no botão de inicialização, o que despertaria os computadores do seu sono. Isso e o som dos passos no convés.

O Mandarim!, ela percebeu, e saltou rápido do banquinho. Não havia nada a fazer além de se esconder, o que parecia tão infantil e estúpido que nunca daria certo.

Com todo este cérebro e só consigo pensar em me esconder.

Vou lhe dizer uma coisa, menina Saoirse, falou o fantasma do avô, *esconder-se é muito melhor do que morrer a qualquer hora do dia, todos os dias da semana.*

Amém, meu irmão, disse Tony Stark, que, de repente, estava ficando bem amigo do avô.

Saoirse reconheceu que ambos estavam certos. Só lhe restava se esconder.

Virou-se e perscrutou a ponte de controle em desespero, procurando onde se abrigar, um local que não seria examinado muito atentamente.

Então, os olhos dela pousaram no armário de estocagem acima da área semicircular destinada a assento ao lado da vigia. Ali tradicionalmente guardavam os coletes salva-vidas. Um espaço com certeza bem apertado, mas talvez ninguém o vasculhasse, e, se o navio afundasse, pelo menos a garota teria um colete.

Saoirse abriu a porta mais próxima do armário, depois saltou algumas vezes no sofá até conseguir agarrar a prateleira. Içou-se e espremeu-se para dentro, aninhando-se entre os coletes salva-vidas e alguns sacos com tranqueiras. Só depois que o Mandarim e o restante dos seus guerreiros entraram na ponte de comando Saoirse se lembrou de uma coisa.

Não abaixei o banquinho.

O que provavelmente seria um motivo bem idiota para acabar morta.

O corpo de Saoirse estava todo retorcido no armário, dobrado entre coletes salva-vidas e detritos de navegação, e ela imaginava que seria encontrada e alvejada, o que não era tão excitante quanto esperar o Papai Noel. Tentando enxergar através de uma pequena abertura na porta, testemunhou o Mandarim socar o aparelho de televisão e soube que Tony Stark estava vivo e que Cole Vanger morrera na tentativa de assassinar os representantes do meio ambiente.

Se danou, Chen, ou qualquer que seja seu nome!, exultou internamente, e depois completou: *É isso aí, Tony, seu capitalista egoísta.*

Passado o momento de exultação fervorosa, Saoirse retornou à missão de permanecer viva, o que basicamente consistia em respirar com toda cautela, ignorar coceiras e resistir ao impulso de gritar: *Vocês me traíram, seus idiotas!*

Lá deitada, descobriu que Spin Zhuk alegava ter dado um tiro nela. Pensou que deveria se revelar só para colocar Zhuk em apuros, uma ideia tão breve quanto idiota, e Saoirse resolveu que continuaria na rotina de respirar superficialmente em vez de ser lançada pela amurada no mar só para provar a mentira de Spin.

O único momento difícil foi quando, alguns instantes mais tarde, deixaram Spin sozinha na ponte de comando para determinar o curso até uma baía estreita ao norte de Dublin, onde se localizava o Royal G. Sem olhar para o banquinho, Spin apontou o traseiro para ele, ou melhor, para onde o assento deveria estar, mas, em vez de se acomodar, acabou batendo a região lombar.

– Quê?! – exclamou pensativa, girando o banquinho no eixo. – Não vou deixar isto assim.

Dentro do armário, Saoirse tremeu e parou de respirar de vez, abraçando um saco de tranqueiras.

Mas a mente de Spin Zhuk lhe forneceu uma explicação.

– Leveque estúpido – disse ela –, e aquelas estúpidas pernas curtas. Sempre mexe no que é meu. – E puxou a alavanca de ajuste do assento até a altura adequada.

Saoirse exalou de alívio, mesmo que baixinho, como se apenas aquecesse as mãos, e agarrou-se ainda mais ao saco. E então, alguma coisa no contorno do que quer que estivesse ali dentro lhe pareceu familiar.

– Não acredito – sussurrou, ou, mais precisamente, apenas formou as palavras movimentando os lábios.

Se dentro do saco estivesse o que ela pensava, então talvez encontrasse uma maneira de contatar Tony Stark.

Tony Stark não teria muita utilidade para Saoirse naquele momento mesmo se ela conseguisse contatá-lo. Estava deitado na mesa de cirurgia na enfermaria do seu iate, as duas pernas sendo operadas por braços robóticos que se moviam a uma velocidade estonteante numa bolha translúcida de gel que cobria Stark até o pescoço.

Diavolo Conroy assistia ao procedimento menos impressionado do que se esperava sob tais circunstâncias.

– Estou deduzindo, Tony boy, que esse tratamento não está disponível no sistema de saúde?

– E eu estou deduzindo que seus pais gostavam de pizza se batizaram você de Diavolo – replicou Tony.

– É uma longa história – disse Diavolo –, e normalmente adoraria contá-la, mas existem questões mais importantes agora. Como esses robôs com lasers. Eles sabem o que estão fazendo?

– Basicamente – Tony respondeu. – Ainda há alguns probleminhas para acertar.

Como que para provar isso, um braço robótico arrancou um dos dedinhos de Stark, apressando-se depois para costurá-lo no lugar.

– Santa Maria mãe dos *leprechauns*! – exclamou Conroy.

Stark não sentira nada.

– O que aconteceu?

O braço robótico responsável pelo equívoco pareceu piscar seu olho de laser na direção de Conroy, pedindo-lhe que o pequeno deslize ficasse entre eles.

– Nada, Tony. Só estou impressionado com tanta engenhosidade...

Tony Stark aceitou a explicação sem hesitar.

– Eu sei. Sou meio um gênio no ramo da mente. Este gel, por exemplo, consiste basicamente de excrementos de um tipo de verme sul-americano. Possui incríveis qualidades de rápida cicatrização.

– Vermes mágicos, é? – perguntou Conroy incrédulo. – Por acaso está sob efeito de alguma medicação?

Stark gargalhou.

– Difícil de aceitar, eu sei. Os segredos da vida escondem-se nas florestas tropicais, e estamos acabando com elas.

Conroy cutucou o gel, observando a projeção das ondulações ao longo da superfície. Seu amigo braço robótico lhe lançou um impiedoso olhar de laser, e ele rapidamente retraiu o dedo.

– Cuidado com isso, inspetor – disse Stark. – Você não vai querer introduzir qualquer tipo de contaminação neste ambiente, ou as suas mãos muito provavelmente serão eliminadas.

Conroy relembrou a amputação do dedo do minuto anterior.

– Você não faz a mínima ideia, Tony boy.

– Na verdade, talvez queira dar uma saidinha; a próxima etapa não vai ser nada bonita. Coisa Um e Coisa Dois vão abrir minha pernas para grudar os ossos. Não tenho tempo para esperar que a natureza siga seu curso natural.

Conroy gargalhou.

– Coisa Um e Coisa Dois? Batizou seus médicos robôs em homenagem às personagens do Dr. Seuss?

– Exato. Aprendi tudo o que sei sobre a natureza humana com *O gatola da cartola tem de tudo na cachola*.

– Adquiri boa parte das minhas lições de vida com *O Hobbit* – admitiu Conroy.

– E aí? Vai sair?

– Pensei em gravar a cirurgia – disse Conroy. – Consegue-se um monte de *likes* com esse tipo de vídeo.

– O seu celular não vai funcionar aqui – Tony lhe explicou. – Apenas estática. Estamos às cegas.

Conroy continuou com estilo:

– Estática? Nem imagina a estática que estará me esperando no escritório quando eu voltar. Deveria estar conduzindo você para prestar depoimento, e não permitir que vagasse à toa em pleno oceano.

– Primeiro, não estamos vagando à toa. Estamos caçando um assassino e sua prisioneira.

– Primeiro? E segundo?

– Segundo – começou Tony, sorrindo apesar de tantas contusões e fraturas. – Segundo, boa réplica. Aprecio o esforço.

– De nada – retrucou Conroy. – E agora, se não se importa, acho que vou até o convés.

O inspetor irlandês crescera extirpando tripas de peixes depois da escola e, por isso, tinha estômago forte, mas a combinação do zunido dos motores e da visão de braços de laser fatiando a pele de um homem bastava para provocar leves enjoos em qualquer um.

– Muito bem, inspetor – disse Tony. – Não caia no mar.

Conroy sorriu.

– Claro, mas, se eu cair, aquela sua concha pode descer e me resgatar, não é?

Fora do campo de visão de Stark, Coisa Um e Coisa Dois ocupavam-se cortando e grudando de novo as pernas, trabalhando tão rápido que o gel de vermes tremulava. Tony, evidentemente, não sentia dor alguma.

– Não a menos que eu ordene – respondeu.

– Nesse caso, Tony boy – disse Diavolo Conroy –, não pegue no sono.

Assim que Spin Zhuk programou a rota, colocou fones de ouvido e aumentou tanto o volume do AC/DC que Saoirse ouviu a canção do lugar onde se escondera.

Obrigada, Spin, ela pensou. *Agora tenho um pouco de liberdade para investigar o que há no saco.*

Na verdade, uma liberdade bem limitada, considerando-se que haviam construído aquele espaço para que qualquer coisa guardada fosse facilmente alcançada do painel de controle, e não para acomodar adolescentes ressentidas.

Um ressentimento legítimo, pensou Saoirse. *O Mandarim tentou me tornar cúmplice de um homicídio em massa.*

Saoirse sempre se considerara a pessoa mais inteligente em qualquer ambiente, mas naquele momento percebeu que havia diferentes tipos de inteligência. Ela era um gênio da ciência, mas o Mandarim, mestre em manipulação, simulou que ela o recrutava quando, na verdade, ele a atraíra, tornando-a um membro involuntário da sua equipe de assassinos.

E ainda que consiga me vingar dele, Liz ainda estará nas mãos de uma gangue de marginais.

Esse pensamento ameaçou levá-la à beira da loucura, por isso resolveu abafá-lo.

– Um problema intransponível por vez – disse a si mesma. – Mas não me esqueci de você, Liz.

Por ora, ela só precisava confirmar que no saco estava o que de fato imaginava estar.

Saoirse se acomodou meio que de lado e tateou ao redor da lona grossa até localizar o zíper. Rastreou-o até o fim, finalmente os dedos encontrando o fecho, e depois foi puxando com imenso cuidado – dente a dente, na verdade – a fim de não alertar Spin Zhuk com uma série de cliques, que era bem o tipo de som que poderia penetrar na música heavy metal.

Em seguida, deslizou a mão para dentro do saco e sentiu alguma coisa lisa e metálica, talvez do tamanho de um melão grande.

Encorajador.

As suspeitas foram confirmadas quando os dedos de Saoirse escorregaram para dois globos oculares retangulares.

– Olá, gracinha – sussurrou, tirando do saco, com cautela, o capacete do Pacote de Festa do Homem de Ferro. Apesar de frio e sem vida, sem fonte de energia para que o sistema fosse acionado, Saoirse, não por acaso, sabia que o capacete inteiro era uma placa inteligente de indução capaz de puxar energia de praticamente qualquer fonte, desde que se soubesse como ativar o sistema.

E eu sei, pensou Saoirse.

Ondulou um dedo por baixo da placa da mandíbula e pressionou o botão de SOLTAR. Precisaria apenas aproximar o capacete uns quinze centímetros de uma fonte de energia. Quanto mais próximo, mais rápida a recarga.

Saoirse deslizou a cabeça para dentro do capacete e ajustou o fecho ao redor do pescoço. Usá-lo lhe dava a vantagem de ter sensores térmicos e de movimento, sem falar da possibilidade de enviar uma mensagem para Stark. Naquele instante, sabia estar eficazmente à prova de som, mas não testaria isso rindo histericamente nem gritando ofensas para Spin Zhuk. Guardaria as palavras para quando fossem absolutamente necessárias.

Abriu caminho para a cabeça até o capacete bater com suavidade contra um cabo de força que passava pela parte de trás do armário. Em questão de segundos, o sinal da bateria brilhou com suavidade, um ícone solitário num monitor que, de outro modo, estaria apagado.

Minha estrela-guia, pensou Saoirse. *É possível que não me leve para casa, mas trará Stark até mim.*

Nada mais havia a fazer senão permanecer deitada ali no mais absoluto silêncio, deixando que o capacete sugasse eletricidade das baterias da embarcação, e rezar para que ninguém notasse o escoamento de energia. Rezar também para não ser traída por alguma função corporal, pois um ronco do estômago seria fatal caso Spin Zhuk abaixasse o volume da música.

Vamos lá, Homem de Ferro, suplicou ao capacete. *Acorde e me mande um herói.*

Estaria mesmo pensando no bilionário arrogante Tony Stark como um herói?

Bem, talvez não exatamente um herói, mas ele detivera Vanger e seus jatos flamejantes, portanto, havia potencial ali.

10

PISTAS E ENIGMAS

O *Tanngrisnir*

Tony, meio sonhando, meio acordado, flutuava num estupor induzido pelos anestésicos. E nesse espaço transitório, o pai apareceu para ele, tão belo quanto Tony se lembrava, exceto pelos olhos, completamente brancos. Como Tony sabia que estava sonhando, não ficou abalado com os olhos assustadores. Todavia, interessou-se por aquilo que seu subconsciente tentava lhe dizer.

– Pai – disse ele –, o que está rolando?

– Você não – respondeu o homem. – Com certeza você não está rolando. Esse tal de Mandarim o arremessou para o chão.

– Pois é – Tony admitiu. – Acertou em cheio. Mas precisava ver o outro cara, Vanger.

– Ah, consigo vê-lo – disse Howard Stark. – Ele está aqui agora, tentando juntar os pedaços. Outro corpo na conta dos Stark.

– Está sendo injusto, pai. Ele fez isso sozinho. Eu salvei muitas pessoas.

Howard sacudiu os ombros, e os olhos brancos brilharam.

– Salvou, matou. Anda metido nesse negócio.

– É o *seu* negócio – argumentou Tony.

Howard fechou os olhos, e por um instante as luzes brancas fantasmagóricas se apagaram.

– Eu sei, filho. Tive tempo para refletir. Você estava certo. Absolutamente certo a respeito de tudo. Duran Duran é uma excelente banda, e você sempre penteou o seu cabelo de modo fabuloso. E, o mais importante, deixou a mim e à sua mãe muito orgulhosos.

Tony não estava caindo em tais palavras.

– Você precisa fazer melhor do que isso, subconsciente. Meu pai não pertencia ao grupo que distribuía elogios.

– Você me pegou – disse Howard. – Eu só estava lhe dizendo as coisas que você sempre quis ouvir.

Em algum momento da vida, isso deixaria Tony muito feliz, mas nesse momento ele precisava de mais.

– E que tal algum conhecimento? Um bocado de sabedoria do pós-vida?

Howard piscou e as luzes brancas reluziram.

– Aí já é mais difícil. Só nos permitem dar pistas e enigmas.

– Diga-me o que devo fazer. Venho tentando limpar a bagunça provocada pela nossa família.

– Você se lembra do que lhe disse a respeito de brinquedos?

– Está brincando? Nunca vou esquecer aquilo. – Tony pigarreou e impostou a voz do pai num sotaque grave e nova-iorquino dos anos 1950: – *Não existem brinquedos no mundo; apenas armas não evoluídas.*

– Resumidamente, isso mesmo. E agora vem a parte do enigma. Preste bastante atenção, filho.

– Excelente – comentou Tony. – Enigmas e indefinições. Acho que preferia quando você me ignorava.

Howard voltou os fachos de luz clara dos olhos direto para Tony e disse:

"Reviravolta é jogo justo.
O que antes era esquerdo
Hoje é direito.
Não basta
Preencher o hiato.
Mas suba o monte
Para ganhar seu espírito."

Tony gemeu.

– Pare, pai. Isso é coisa sem sentido dos biscoitos da sorte. Somos Stark. Não lidamos com o abstrato. Tenho coisas a fazer. Assuntos de vida ou morte. Você não poderia simplesmente esclarecer tudo para mim?

Howard Stark suspirou.

– Tony, você precisa de um pouco de cultura na vida.

– Pai, uma pista, por favor. Que hiato? Existe um buraco de verdade em algum lugar? Ou seria um buraco no sentido metafórico?

– Pois bem, meu filho. Eu lhe darei uma pista. Preste atenção.

– Agora é pra valer.

– O hiato ao qual me refiro na verdade é... um sinal. Temos um sinal.

A explicação não ajudou Tony em nada.

– Agora ficou pior do que um enigma. O que quer dizer com “temos um sinal”?

Howard abriu os olhos e a luz ofuscante preencheu o sonho de Tony.

– Quero dizer que temos um sinal. Alguém está tentando entrar em contato.

Tony pressentiu que o sonho ou a visão, ou sabe-se lá o que fosse, estava chegando ao fim. Nunca antes vira o pai daquele jeito e, de alguma forma, soube que não o veria novamente.

– Pai, espere, por favor.

Mas Howard Stark estava perdido na luz, e só a débil voz persistia:

– Sua mãe falou para você comer um sanduíche, pelo amor de Deus; está magro demais. E eu o aconselho a deixar crescer uma barba de verdade. Você mais parece um agiota.

Em seguida, Howard Stark sumiu de vez, deixando Tony Stark sozinho, como vinha ocorrendo havia muito tempo.

Tony abriu os olhos e se viu na enfermaria do *Tanngrisnir*. Surpreendeu-se ao perceber que o sonho permanecia vívido, o que quase nunca acontecia.

Mais tarde, ele pensou, *criarei um avatar do Freud para me analisar. Mas, por ora...*

Por ora, o Mandarim continuava à solta.

Diavolo Conroy estava de pé junto ao leito, olhando para Stark como se ele fosse um animal em exibição num zoológico.

– Veja só quem acordou – disse o inspetor irlandês. – O cara. O homem do robô.

Stark pigarreou, a garganta seca.

– Você falou algo a respeito de um sinal?

– Sim – confirmou Conroy. – E você me chamou de pai. Estou lisonjeado. Minha mulher e eu adoraríamos ter um filho, mas eu preferiria alguém um tantinho menor e menos teimoso.

– Fale-me a respeito do sinal, inspetor – Tony insistiu.

– Ah, sim. Bem, provavelmente é algum tipo de falha. Não preciso lhe dizer a respeito de falhas, com esse problema da amputação do dedo do pé e tal.

– Que amputação?

Conroy deu uma tossidela na mão.

– Nada, nada. É apenas um ditado irlandês: "Você não chega à altura daquele camarada e do seu dedo amputado". O significado se perdeu com o tempo.

– O sinal?

– Sim, claro. Bem, o computador não para de anunciar que você tem um sinal na frequência de emergência.

– De quem?

– Aí é que está o problema – respondeu Diavolo, afastando do rosto uma mecha do cabelo loiro. – O computador disse que o sinal está vindo da sua cabeça.

Tony afastou a coberta e se esforçou para se apoiar nos cotovelos.

– Da minha cabeça... – repetiu. – Ela invadiu a indução e está me chamando.

Conroy fez uma careta.

– Sei que você é uma espécie de gênio, Stark, mas nenhuma palavra que disse fez sentido.

Tony agarrou o ombro de Conroy em busca de apoio, arrastando-se para fora da cama. As pernas pareciam pertencer a outro corpo, e ele avançou com alguns passos de Frankenstein, mas, pelo menos, não despencou.

– Preciso ver o que a impressora tem para mim – disse para um confuso Conroy. – E você precisa pilotar o barco. Consegue pilotá-lo para salvar a vida de uma garota?

– Se eu sei pilotar um barco? – perguntou Conroy, fingindo se ofender. – Sou da ilha da Irlanda. Nasci pilotando barcos. E pilotarei este até a lua para salvar uma vida. Mas, se estiver tirando vantagem da minha boa índole, então o levarei direto até um tribunal europeu para uma sessão especial.

– Uma resposta bem longa – comentou Tony. – Consegue ser mais sucinto?

– Vamos fazer um acordo – respondeu Diavolo Conroy. – Serei bem sucinto se não me chamar de pai de novo.

– Fechado – concordou Tony.

11

GRITO + RISADA = GRISADA

O universo tem certas regras. Por exemplo:

Aquele que possui um instrumento afiado acabará se cortando.

E:

Acidentes de laboratório jamais resultam em poderes de super-herói.

E a mais aplicável neste caso:

Aquele que ri primeiro acaba sendo pego.

A primeira delas poderia ser constantemente aplicada a Tony Stark e ao traje do Homem de Ferro, considerando-se os acontecimentos recentes.

Uma notável exceção à segunda regra vivia balançando-se nas ruas de Nova York em teias de aranha, e é melhor nem pensar muito nisso.

Mas, infelizmente para Saoirse Tory, a última regra era aquela que contava – e, neste caso, *aquela* que ri primeiro.

Aconteceu assim:

A cabeça de Saoirse estivera enfiada no capacete por mais de três horas enquanto a jovem esperava algum sinal de vida do sistema. Até então, não surgira nem ao menos um comitê de boas-vindas, por isso, apesar da tensão inerente da situação, Saoirse, estressada, desidratada e exausta, acabou adormecendo. Portanto, quando o capacete sugou energia do barco a ponto de reinicializar, Saoirse, assustada e deliciada com a súbita aparição do mostrador, emitiu um som similar a uma mistura de risada com grito. Na Austrália, país com uma natureza tão peculiar e tão maravilhosa, as pessoas estão sempre tão surpresas e encantadas que chegaram a criar um nome para essa sensação: "down under", que seria algo como *grisada*.

Por isso, Saoirse grisou e, infelizmente, bem naqueles dois segundos entre uma canção de hard rock e outra, quando os ouvidos de Spin de fato se conectavam com o mundo além dos fones de ouvido. E o mais desafortunado foi que o capacete que Saoirse acreditara ser à prova de som estava calibrado para o pescoço bem mais grosso de Tony, então alguns decibéis da exclamação aguda escaparam do espaço fechado e chegaram aos ouvidos de Spin Zhuk. Agravando ainda mais o efeito do grito, uma das botas da jovem resvalou na madeira da porta do painel.

Spin arrancou os fones e girou o banquinho.

– O que foi isso? – perguntou a si mesma. – Que som estranho!

Primeiro pensou em *ratos*. Embora mantivessem a embarcação do Mandarim imaculadamente limpa, Spin descobrira que os ratos irlandeses formavam um bando bem teimoso e um tanto arrogante, com frequência querendo defender seu território quando ela se aproximava, momento em que agitavam os bigodes como se estivessem dizendo: *Sou um rato, estou aqui. O que vai fazer agora?*

Normalmente, Spin deixaria que as botas dessem conta do recado, mas, nesse caso, se havia um rato no armário suspenso, seria bem difícil pisoteá-lo, e o Mandarim não aprovaria um tiro disparado no armário. Então, Spin decidiu começar a falar, na esperança de que o rato a ouvisse e fugisse para algum lugar onde não precisasse atacá-lo. Ela não gostava de ratos.

– Estou me aproximando, senhor Rato Nojento. Por isso, se eu fosse você, fugiria rapidinho antes que eu alcance a porta.

Dentro do armário, os sensores de movimento do capacete do Homem de Ferro haviam ligado automaticamente, captando o movimento repentino de Spin através da placa de madeira compensada, e Saoirse percebeu que via e ouvia com mais acuidade do que nunca. E via e ouvia a motorista ucraniana bem próxima do esconderijo, aparentemente chamando-a de senhor Rato Nojento.

Apesar do intelecto prodigioso de Saoirse Tory, ela duvidava que até mesmo Albert Einstein bolasse um plano nos poucos segundos de que dispunha. E o capacete tinha energia apenas para enviar um sinal e operar os sensores básicos.

Estou frita, pensou. *Me ajude, vovô.*

No entanto, o normalmente espírito tagarela do avô não a aconselhou, e Saoirse percebeu que só contaria consigo mesma.

– Fuja, senhor Rato Atrevido – disse Spin Zhuk. – Não me obrigue a torcer o seu pescoço peludo. E vou torcer sem medo de infecção, porque temos gel bactericida no banheiro.

Spin não gosta de ratos, Saoirse pensou, apesar de não ser uma constatação muito inesperada. Afinal, poucas pessoas gostavam. Saoirse não ligava muito para eles, mas odiava cavalas, com aquelas escamas azuis malignas e membranas finas nos olhos.

Saoirse não elaborou uma estratégia conscientemente, mas vislumbrou os dedos da mão esquerda se esticarem e arranharem a parte interna da porta.

Dedos!, ela pensou. *O que estão fazendo?*

No entanto, Saoirse não repreendeu prematuramente os dedos, pois Spin Zhuk parou de pronto.

– Estou te ouvindo, senhor Rato Nojento. Logo pego você.

Mas não estava. Spin Zhuk pisava no mesmo lugar para que o rato acreditasse que ela estava se aproximando, uma atitude a que alguém provavelmente não recorreria, caso soubesse da existência de outro ser humano observando.

Isso é tão estranho, pensou a garota que fingia ser um rato, e em seguida continuou arranhando.

Spin Zhuk fechou a cara na direção do armário suspenso, visualizando o rato arrogante numa dança irlandesa ali dentro. Zombando dela. Provocando-a. Depreciando a sua herança.

– Não tenho medo de você, rato!

Nada mais de "senhor", pensou Saoirse. *A hora das formalidades acabara.*

– Sou Spin Zhuk e já briguei com ursos famintos, e daí pouco me importa um rato! – exclamou, e sacou a Sig Sauer do coldre do ombro.

Por um momento, Saoirse sentiu tanto medo que se esqueceu de arranhar, mas logo voltou à tarefa, usando ambas as mãos para imitar um par de ratos.

Mas Spin, firme num curso de ação, a mão livre da arma quase não tremendo, esticou-a e abriu a porta do armário. Saoirse quase não conseguiu afastar as mãos do local, como se isso fosse adiantar alguma coisa.

– A-rá! – disse Spin, suspirando de alívio.

Evidentemente não sou tão assustadora quanto um rato ou dois, Saoirse pensou.

– Nada. Nadinha aí. Apenas um capacete estúpido rolando de um lado a outro.

Nada?, Saoirse pensou. *Não sou um rato, mas sou alguma coisa.*

Saoirse demorou muito pouco para perceber o que estava acontecendo.

Ela enxerga apenas alguns coletes salva-vidas e um capacete vazio. Spin acha que o capacete rolou para fora do saco.

E essa constatação bastou para que uma pessoa quase histérica risse.

E por que não? O capacete é à prova de som, e Spin só ouviu a minha bota resvalando no armário.

Então, bem quando Spin Zhuk estava para fechar a porta do compartimento, Saoirse gargalhou e disse:

– "Nada. Nadinha aí. Apenas um capacete estúpido rolando de um lado a outro." *Você* é um capacete estúpido, Spin.

Isso não fazia sentido algum, mas, sendo justo com Saoirse, ela passava por um momento consideravelmente estressante.

Spin congelou.

– Estou conhecendo essa voz – disse.

– Que voz? – Saoirse perguntou automaticamente.

– Essa voz!

Dentro do capacete, Saoirse empalideceu.

– Consegue me ouvir?

– Sim, mas era para você estar morta.

– *Estou* morta – retrucou Saoirse, mal acreditando que tais palavras saíssem da sua boca. – É a sua consciência falando. Você receberá a visita de três espíritos.

Essa bobagem fez Spin Zhuk sair de qualquer que fosse o estado de fuga de murofobia em que estivera, e ela arrastou uma Saoirse debatendo-se e gritando ao ser arrancada do esconderijo.

– Silêncio, fedelha – disse Spin –, porque preciso matá-la silenciosamente. Vou jogá-la do barco. E seria melhor se não causasse problemas.

As palavras soaram ainda mais ridículas para Saoirse do que o anúncio dos "três espíritos".

– Seria melhor para *você*! – ela exclamou, e tentou desferir alguns golpes enérgicos na barriga da mulher, conforme o avô lhe ensinara.

– Nunca conheci ninguém tão resistente a ponto de aguentar uns socos nas entranhas e continuar sorrindo – Francis Tory lhe dissera, mas evidentemente nunca conhecera Spin Zhuk, porque a mulher recebera os golpes parecendo absorvê-los sem nenhum efeito colateral.

– Para fora do barco e sem mais reclamações – disse Spin, como se tentasse persuadir uma criança teimosa a tomar um remédio. – Tenho muito trabalho ainda a fazer.

Saoirse tentou se soltar, mas Spin Zhuk já segurara pessoas muito maiores, como na terça-feira anterior, quando discutira com um campeão de kettlebell russo que fora contra Spin tentar roubar o Humvee dele. Portanto, para a motorista ucraniana, uma irlandezinha magricela de quinze anos não significava desafio algum. Spin virou Saoirse de cabeça para baixo, prendendo-lhe as mãos atrás das costas e ainda por cima as pernas com o queixo.

Infelizmente, não prendera a segunda arma mais letal de Saoirse, a boca, que trabalhava em linha direta com a arma máxima, o cérebro.

Saoirse percebeu que a agitação de Spin se justificava porque a jovem, supostamente, deveria estar morta. Spin jurara ao amado *chef* que executara a odienta tarefa. Se vazasse a notícia de que Saoirse ainda vivia, e vazaria, então a facção estaria em apuros.

Por isso, Saoirse gritou:

– Estou viva! Saoirse Tory está viva!

Spin de imediato percebeu que errara e bloqueou a boca de Saoirse com a tampa mais à mão, ou seja, o próprio punho, o que surtiu bem pouco efeito contra o capacete do Homem de Ferro. E nessa situação o Mandarim as encontrou ao entrar na ponte de comando.

Uma cena tão bizarra que o Mandarim não controlou o riso.

– Que curioso – ele disse, enxugando uma lágrima imaginária. – Duas garotas vivas quando só uma deveria estar. Senhorita Zhuk, eu gostaria que tivesse a gentileza de me explicar, sem rodeios nem evasões, o que exatamente acontece aqui.

– Sim, *chef* – disse Spin, obviamente nervosa. – Certas circunstâncias...

E nada mais disse, porque o Mandarim avançou com extraordinária velocidade pelo ambiente, forçando o combo Zhuk/Tory contra a antepara. Mas a coisa piorou quando quatro dos temidos anéis do Mandarim prensaram dolorosamente o lado esquerdo do rosto de Spin.

– Escolha – ele disse para Spin Zhuk.

– Por favor, *chef* – a mulher suplicou, tentando afastar o rosto preso contra a foto de um jovial pescador bebendo cerveja, uma imagem que sempre pareceu deslocada naquela embarcação construída para a guerra.

– Senhorita Zhuk, mentiu para mim, e pior, fracassou. Escolha um anel e deixe o destino decidir se viverá ou morrerá.

Os globos oculares de Spin oscilaram enquanto ela tentava ver os anéis que lhe pressionavam a bochecha. Impossível, e a mulher não conseguiu escapar do gancho do *chef*, mestre em muitas artes marciais. Spin certa vez o vira inutilizar uma unidade inteira de forças especiais sem derrubar o chá de jasmim que estivera bebendo. Tudo bem que a xícara estava coberta, mas, ainda assim, fora um feito impressionante. Spin presenciara os dez anéis em ação naquele dia e sabia que muitos deles tinham um efeito letal.

Um lançava uma explosão de gelo.

Outro era um mento-intensificador, algo que permitia o controle da mente.

Tinha o da explosão de chamas.

Um manipulador de energia eletromagnética de luz branca.

Uma explosão de choque elétrico.

Dos demais ela não se lembrava naquele momento.

– Qual dedo, Spin? – o Mandarim exigiu saber. – Ou talvez escolha por você?

– Indicador – Spin respondeu de repente, a voz normalmente neutra com um toque de desespero animal. – Indicador, *chef*.

– Só quero que você saiba – começou a explicar o Mandarim com suavidade – que pouco importa o que acontecerá; o nosso placar agora está zerado.

Spin Zhuk inspirou talvez pela última vez e prendeu o ar. O Mandarim levou o polegar ao escâner do anel do dedo indicador, enfiando duas pontas na bochecha de Spin Zhuk. A moça as sentiu e entendeu o que aconteceria.

– Ah... – disse ela, e provavelmente queria emitir alguns palavrões bem escolhidos, mas a descarga de cinco mil volts do anel do Mandarim anulou a capacidade de fala da mulher.

Todos os músculos do corpo de Spin Zhuk tensionaram com tanta violência que ela machucou o queixo e quebrou dois dentes antes mesmo de desmaiar. O Mandarim, para se proteger do choque pelo anel, recuou rápido a fim de se afastar do circuito da corrente, mas Saoirse recebeu um choque tão intenso que a lançou para o lado oposto da ponte de comando, como se fosse empurrada por um gigante.

Leveque entrou ali a tempo de ver o castigo ser desferido.

– *Mon dieu* – disse ele. – O choque *elétrrrico*. Odeio esse aí. Deixa *marrcas*.

O Mandarim sacudiu a mão para esfriar o anel meio superaquecido.

– Freddie, acho que você está tentando mesmo me provocar. Seja um bom camarada e se certifique de que a senhorita Zhuk não esteja engolindo a língua enquanto alimento os peixes com a nossa passageira clandestina.

Leveque, ainda que desapontado por não receber permissão para se livrar da carga extra, teve o bom senso de guardar esse sentimento para si.

– *Oui*, *chef*. *Immédiatement* – retrucou, sentindo-se mais seguro na língua nativa para o caso de mais um erro de pronúncia escapar.

O Mandarim atravessou a ponte de comando e, prestes a agarrar a perna de Saoirse para arrastá-la, ouviu uma voz que não pertencia a Saoirse saindo de algum lugar da cabeça dela.

O capacete estava recebendo uma transmissão.

– Aguente firme, garota – disse a voz, vazando pelo espaço do pescoço do capacete já completamente carregado. – Vou buscar você. Esconda-se num lugar seguro.

Longe de se irritar por Tony Stark insistir em continuar respirando e se inserir na operação, o Mandarim na verdade se sentiu satisfeito por mais aquela chance com o bilionário. Odiara ver sua presa escapar, embora não entendesse ainda como isso acontecera, pois costumava esmagar até a alma dos adversários momentos antes de destroçar os corpos. E tinha uma mensagem especialmente dilaceradora de almas para Tony Stark. Pensar que poderia passar essa mensagem o animava consideravelmente, a ponto de se sentir contente por Spin ter sobrevivido aos anéis.

O Mandarim se agachou junto a Saoirse e esperou a mensagem seguinte de Stark, que chegou poucos minutos depois.

– Use seu cérebro, menina – disse a voz baixa. – Fique abaixada e mantenha essa boca grande fechada.

O Mandarim sorriu mais uma vez. A menina sem dúvida *estava* abaixada.

– E, sim, Stark – ele falou em voz alta, apesar de o bilionário não conseguir ouvi-lo –, ela tem uma boca bem grande, mas que ficará fechada por enquanto. Talvez para sempre.

Então, ocorreu ao Mandarim que nos filmes norte-americanos o bandido daria uma gargalhada maníaca bem nesse momento. E, divertido com a ideia, permitiu-se uma breve gargalhada.

– Rá-rá-rrrráááá! – exclamou, sacudindo o punho para garantir um efeito melhor.

O mais arrepiante não foi a gargalhada em si, mas como a encerrou já entediado com a brincadeira, similar a uma torneira sendo fechada.

– Venha, Tony Stark – ele disse para o capacete. – Venha e me ouça antes que acabe com a sua vida. Talvez só a escuta já pare seu coração.

Saoirse despertara bem a tempo de ouvir a gargalhada cinematográfica, e soube que, se aquilo fosse mesmo um filme, ela imediatamente o desligaria. Ali não havia um filme, mas a vida. E, às vezes, a verdade soava mais estranha que a ficção. Como acontecia naquele instante.

12

UM PÃO SÍRIO NAPOLITANO

O *Tanngrisnir*

Com frequência perguntavam a Diavolo Conroy se ele tinha ancestrais italianos, por conta do seu nome incomum. Ele mentia e respondia que fora batizado em homenagem a um fora da lei dos romances de um dos autores prediletos da mãe, Alexandre Dumas. Diavolo mentia porque a verdade era constrangedora demais para ser relatada. A *verdade* era que a mãe de Diavolo Conroy conhecera o futuro marido enquanto comiam pizza em Roma e, como um tributo a essa nova comida predileta, ela escolhera um nome italiano para o primogênito. Por ironia, segundo o pai lhe contara mais tarde, a comida fora um pão sírio, e não uma pizza, e, para duplicar a ironia da coisa, o pai também revelara que o pão sírio não era um diavolo, mas um napolitano. Portanto, Diavolo não mencionava essa história se pudesse evitar, pois nunca saía dela com a dignidade intacta.

Imagino que poderia ter sido pior, ele sempre pensava. *Se minha mãe tivesse comido uma massa folhada naquele dia, talvez eu fosse batizado de Croissant Conroy.*

Naquele momento, atrás do timão do *Tanngrisnir*, ele resolveu que, caso chegasse vivo ao fim do dia, compartilharia a história do nome com seu amigo Stark, porque fazia anos que morria de vontade de contá-la a alguém, e Tony Stark parecia capaz de apreciar uma história com tremendas doses de ironia.

Na verdade, Diavolo só começara a ruminar essa velha história porque tentava afastar seus pensamentos da tarefa que, com certeza, teria pela frente.

– Ai, meu Deus – disse em voz alta. – A minha vida está passando diante dos meus olhos.

E todos sabiam o significado disso.

– Não, não, caro Diavolo – disse a si mesmo. – Não fique tão preocupado. É perfeitamente natural a contemplação do passado antes de um combate.

Aprendera isso durante uma palestra de Psicologia no mestrado na University College Dublin.

Na realidade, evitava a frase completa daquela palestra. Tentava não se lembrar dela, porque era dolorosa demais, mas naquele momento a completaria, pois talvez fosse a sua última oportunidade: "É perfeitamente normal ficar contemplativo quanto ao passado *e aos arrependimentos* antes de um combate".

Arrependimentos... Ele tinha alguns.

O principal, o fato de ele e a esposa Siobhan (pronuncia-se *Shive-awn*) nunca terem gerado um filho. Tentaram de tudo e nada funcionou. Diavolo adorava a esposa e a vida que levava, e ambos acreditavam que um filho tornaria tudo ainda mais perfeito.

Se eu sobreviver a isto, pensou o inspetor Conroy, *vou conversar sinceramente com minha amada Shiv para discutirmos a possibilidade de uma adoção.*

Caso Tony Stark estivesse ali, sem dúvida observaria que o apelido carinhoso dado pelo inspetor à esposa era uma gíria prisional americana para uma faca mantida escondida. Portanto, muito bom que Stark tivesse saído para resgatar Saoirse. A última coisa de que Diavolo Conroy necessitava naquele exato instante seria mais uma piada envolvendo os nomes dos Conroy.

– Concentre-se na missão, meu caro Diavolo – o inspetor Conroy disse a si mesmo. Haveria tempo para pensar em adoção mais tarde.

Assim ele esperava.

A missão era a seguinte: pleno vapor até o Royal G. para ajudar a base protegendo os representantes do meio ambiente. Stark se opusera ao plano, argumentando que já havia muitas tropas no Royal G. para lidar com o pessoal do Mandarim, não mais que duas pessoas, mas o inspetor Conroy insistira. Era responsável pelos representantes, e abandonara seu posto uma vez, como se via. Portanto, seu dever estava naquela praia, onde o ataque do Mandarim certamente se concentraria.

– O Mandarim não estará lá – Stark assegurara a Conroy. – Ele não age assim. O nosso prezado e malandro amigo

Mandarim se distancia da zona de operações, para o caso de alguma coisa sair dos eixos. Em todos os ataques aos quais o associaram, nunca houve sequer um mínimo indício de que estivesse na área. Talvez por isso enganasse as autoridades havia tanto tempo.

Stark seguia o sinal de Saoirse, que havia se separado do trajeto determinado para o barco, e Conroy procurava o barco em si, depois de ter telefonado para avisar da ameaça.

Os fanfarrões do Mandarim terão uma bela surpresa à espera deles, pensou Diavolo Conroy, desejando ardentemente chegar a tempo para a festa.

Embora talvez festa *seja um termo inapropriado*, ele pensou. *Batalha flamejante deve ser mais adequada à situação.*

O que quer que acontecesse, o inspetor Conroy estava determinado que seus homens no litoral não enfrentassem o desafio sozinhos.

Tony Stark cometera muitos erros na vida, inclusive quando, ainda criança, engolira uma anêmona-do-mar e se submetera a uma vigorosa lavagem estomacal. E também quando, já adulto, levara a adorada Harley do amigo Rhodey direto até um poste, depois de novo submetido a uma vigorosa contusão estomacal. Além disso, uma vez, sem querer, apareceu na Casa Branca fantasiado num jantar para o presidente. Por algum motivo, pensando que a ideia era se vestir como presidente, decidira aparecer como Abraham Bling-con, uma versão em lamê dourado do original. Foi uma tremenda gafe divulgada pela mídia, a qual insultara a nação inteira de uma só vez e atingira quase um bilhão de visualizações no YouTube.

Mas o erro que cometera naquele dia fora bem mais grave, porque poderia custar vidas. Um erro de julgamento, uma vez que Tony subestimara a determinação do Mandarim em ver o trabalho feito. Um erro agravado por supor que o barco do Mandarim não passava de uma canhoeira tecnológica comum, quando, na realidade, estava muito além de alguma coisa com a qual até mesmo Howard Stark teria sonhado. De fato, a embarcação tinha mais poder de fogo à sua disposição do que uma arma nuclear de baixa potência.

O Mandarim batizara o barco de *Ajax*, homenageando o homem que supervisionara a construção do cavalo de Troia. E considerou o nome adequado porque, semelhante ao famoso cavalo de madeira, a canhoeira era um lobo em pele de cordeiro. Externamente, parecia uma traineira, mas, por causa do casco duplo, transformara-se numa máquina de guerra carregando uma nova geração de tecnologia de matança.

Na realidade, não fora o plano original do Mandarim dedicar o *Ajax* ao combate. Ele preferiria que o Homem de Ferro levasse tanto os créditos quanto a culpa, mantendo o *Ajax* na reserva para uma missão futura, mas às vezes até mesmo os melhores planos precisam de adaptações à medida que a operação avança.

Enquanto Spin Zhuk pilotava a canhoeira até a baía estreita que dava no cais de iates do Royal G., a embarcação parecia desajeitada e deslocada em meio às outras tão luxuosas, mas não tão deslocada quanto pareceria em breve.

Na ponte de comando, Spin Zhuk e Freddie Leveque já haviam colocado roupas de combate, cobertos da cabeça aos pés com armaduras. As costas e as pernas se encrespavam com cilindros e lâminas, e as feições estavam ocultas por placas frontais resistentes à luz.

Spin usava um joystick para aproximar ainda mais o *Ajax* das demais embarcações, forçando caminho em meio a todo aquele luxo. No cais, a uns quinze metros de distância, perfilavam agentes do serviço secreto vestidos de preto e outros da segurança nacional, todos falando e gesticulando com as palmas das mãos.

– Olhe *parra* aqueles *idiôtas* – disse Freddie. – *Terrnos prretos* e rádios de pulso. *Parrecem* aquelas modelos nas *passarrelas* fungando *perrfumes*.

Zhuk conduziu a embarcação a seis metros do píer.

– Pare com isso, Freddie. Preste atenção agora. Não estou desejando enfrentar os anéis do *chef* mais uma vez.

Leveque fez uma saudação.

– Estou atento, *companheirra*.

– Pronto para a festa?

Leveque remexeu os dedos sobre o painel de controle das armas tal qual um pianista prestes a executar o "Concerto para Piano no. 3" de Rachmaninoff.

– *Prronto* – respondeu ele.

O rádio ganhou vida com alertas que vinham do litoral, o som de diversas forças de segurança gritando coisas do tipo "Apareça no deque" e "Prepare-se para abordagem ou abriremos fogo".

Leveque desligou o rádio.

– Blá-blá-blá – disse ele. – Esses *carras* não fazem ideia. *Deverriam* abrir fogo e não as bocas. Estamos na *árrea* do *prrédio prrincipal*?

– Sim – confirmou Zhuk.

– Então está na *horra* do lobo *tirrar* a pele do *corrdeirrô*.

– Você disse *cordeiro* ou *corrdeirrô*? – Spin perguntou.

– Tanto faz – respondeu Freddie, e abaixou a mão para o botão vermelho ao qual chamava particularmente de Transformer.

Dois dos homens de terno preto parados na costa pertenciam à equipe do inspetor Diavolo, e um deles mantinha contato com o chefe por telefone.

– É só um barco pesqueiro – disse o homem, cujo nome era Fergal. – Estou dizendo, Dave, algum pescador aparvalhado está tentando atracar no cais errado. Você acharia que todos esses iates iriam avisá-lo, não?

A voz de Conroy surgiu com chiado pelo aparelho.

– Em primeiro lugar, Fergal, não me chame de Dave, ou passo a mão pelo telefone e arranco as suas cordas vocais. E, em segundo, não acabei de dizer que o inimigo provavelmente camuflou a embarcação para poder atravessar águas internacionais?

– Sim, isso mesmo, Dave... senhor – retrucou Fergal revirando os olhos. – É um barco pesqueiro *transformer*.

Fergal deu uma piscadela para o colega e formou com os lábios as palavras *preste atenção*. O companheiro gemeu, porque Fergal era notoriamente conhecido por brincar com o velho Diavolo Pizza Picante, e aquela não parecia uma boa hora.

– Um instante, senhor – disse Fergal. – Há algo acontecendo.

– O quê? – perguntou Conroy. – O que está vendo?

– Não acredito – respondeu Fergal. – O barco pesqueiro, ele criou asas. Há tentáculos saindo pelas escotilhas.

Conroy acreditou na informação por um segundo, mas em seguida disse:

– Fergal, vidas correm perigo. É melhor rezar para ser transferido para outro planeta porque, quando eu pegar você, vai ver só o que te espera.

Fergal riu, mas o riso acabou engasgado como uma pedra de carvão na garganta ao constatar o que realmente acontecia no barco pesqueiro.

– Senhor, vou levantar o aparelho para lhe mostrar o que está acontecendo.

– Por que simplesmente não me conta? – perguntou Conroy.

– Porque o senhor jamais acreditaria, ainda mais depois da coisa das asas e dos tentáculos.

Fergal ergueu o aparelho e, embora Diavolo conseguisse ver o barco transformando-se bem diante dos olhos dele, ainda hesitava acreditar na cena.

– Chego aí em dois minutos – disse tenso. – Contenha-os até lá.

O barco pesqueiro continuava a se transformar, e Fergal pensou: *Dois minutos. Ele nunca chegará a tempo.*

13
O TIGRE E O RUGIDO

Os agentes de segurança reunidos sentiam-se convencidos de que escapariam de um ataque terrorista. Representantes do meio ambiente não são alvos de alta prioridade, então não haviam escolhido o Royal G. por sua posição facilmente defensável ou pelo bunker subterrâneo, mas por ter um spa de primeira linha e um campo de golfe onde Tiger Woods e Rory McIlroy tinham jogado.

E, como o ditado no mundo do golfe dizia, *Se é bom para o Tigre e para o Rugido...*

Mesmo assim, cada um dos ministros ou representantes viajava com agentes de segurança, boa parte dos quais ex-agentes das forças especiais, além da presença de um batalhão de soldados das forças especiais estacionado nos gramados da propriedade, só como precaução. E, por acaso, isso acabava de acontecer na presença de uns cinquenta e poucos soldados portando ao menos duas armas, mas sem artilharia pesada, o que os colocava em desvantagem.

Entretanto, nem tudo estava perdido, pois a Irlanda é um país pequeno, e as armas pesadas logo chegariam, vindas da base mais próxima. Além disso, dois helicópteros Westland de reação rápida estariam ali em questão de minutos.

Infelizmente para os diversos representantes do meio ambiente e seus auxiliares, protetores e provedores, nenhuma dessas medidas de segurança faria a mínima diferença, porque o *Ajax* não se parecia em nada com alguma coisa já vista na Terra. Se os soldados fossem bem honestos, pelo menos metade deles consideraria seriamente fugir assim que a embarcação se revelou.

A cena na costa do norte de Dublin foi mais ou menos assim:

Freddie Leveque pressionou o botão, e diversas coisas aconteceram à aparentemente inócua traineira. Primeiro, duas centenas de ferrolhos explosivos detonaram simultaneamente, ou tão próximo disso que não fez nenhuma diferença, lançando duas dúzias de pranchas de casco falso deslizando pelo oceano. Onde antes havia madeira manchada e marcada, surgiram placas de metal reforçadas com portinholas repletas de armas. E isso nos conduz com facilidade à segunda coisa que aconteceu: canhões automáticos de diversos calibres giraram nas bases, aparecendo pelas portinholas até o *Ajax* se assemelhar a um gigantesco porco-espinho metálico potencialmente violento. Terceiro, o *buumm* de um morteiro assim que o barco lançou um satélite de vigilância de pouca altitude na atmosfera mais baixa para dar a Freddie Leveque e a Spin Zhuk uma visão da zona de combate por cima. Embora Leveque tivesse observado que aquela não era de fato uma zona de combate, mas "uma zona de demolição".

A cabine de popa subitamente se paralisou; desviava-se três metros acima do mastro central por um sistema vertical pneumático, o que permitia a Freddie Leveque um campo de visão de trezento e sessenta graus para disparos com sua metralhadora calibre .50 e vários lançadores e arpões. Os espectadores em terra firme se desorientaram em razão de uma luz ofuscante refletida nas câmeras solares do receptor satélite e emanada por refletores nas amuradas.

Um cenário impressionante, mas não invencível para as forças de segurança, que reagiram como treinadas para reagir: abrindo fogo. Dispararam uma saraivada de balas na direção geral do paredão infeliz de luz branca, dentro do qual estava o *Ajax*. Apenas vinte por cento dos tiros atingiu o barco, onde cada bala quicou com o mesmo efeito de uma moedinha atingindo uma parede.

No alto da torre de disparos, Leveque exercia absoluto controle da artilharia.

– Estamos acabando com os *idiôtas* – ele disse alegre no microfone. – Não fazem a mínima ideia do que está para acontecer.

– Atinja o prédio principal – comentou Spin abaixo, na ponte de controle. – Depois nós saímos.

Leveque bombardeou a costa com o poder de fogo de duas metralhadoras Minigun.

– Não há pressa – disse ele. – O chefe disse *parra* fazer um teste completo.

– Acione o IPSCE, Leveque – disse Zhuk. – Helicópteros estão chegando.

Leveque revirou os olhos.

– *Eh, bien*. Vou acionar o IPSCE.

Leveque usou um joystick para acionar o míssil em forma de arpão, ainda que, na realidade, ele tivesse um alcance de cinco quilômetros e não precisasse de direcionamento, contanto que o ativassem a mais de cinquenta metros das blindagens do *Ajax*.

– *Bonne chance*, Monsieur IPSCE – afirmou Leveque, e lançou o míssil, que disparou numa espiral rumo ao prédio principal, que se localizava a uns cem metros da praia. O IPSCE arrancou um naco de uma velha torre de sino e depois afundou no átrio. – Bem no alvo – disse Leveque, ajustando a viseira. Olhar direto para o brilho do IPSCE poderia comprometer a visão de uma pessoa.

Na ponte de comando abaixo, Spin Zhuk ajustou a própria viseira e tateou o corpo para garantir que todas as armas estavam no lugar, à disposição. Zhuk preferia um bombardeamento, mas o *chef* insistira que seria desastrado demais, e, como muitas vezes as pessoas sobreviviam a um prédio caindo sobre elas depois de um terremoto, precisavam da confirmação gravada pelas câmeras dos capacetes para cada um dos cinco alvos.

Assim que o IPSCE fosse ativado, Leveque e Spin Zhuk se aventurariam em terra firme, abririam caminho em meio à lamentação dos feridos e rastreariam os representantes do meio ambiente. E qualquer pessoa que tentasse detê-los não estaria em nenhuma condição de agir.

Mas o IPSCE não pareceu lá grande coisa quando ativado. As placas armadas caídas do nariz cônico revelaram três placas triangulares de células refletoras. Depois de um jorro de luz como uma obsoleta chama de magnésio, a coisa toda se derreteu numa poça lamacenta. Qualquer garoto que observasse a cena daria no máximo nota dois à experiência, antes que os olhos começassem a queimar. Na verdade, dois membros da equipe de segurança alemã pareciam extremamente aliviados pelo fato de parecer ter falhado aquele artefato parecendo um arpão gigante que derrubara a parede. Mas o que acontecia fora do alcance visível era muito mais impressionante. Em seguida, o IPSCE cumpriu o que tão destramente fora projetado a fazer:

(1) Alcançou a rede mais próxima ao seu raio de alcance e emitiu uma explosão de Taser sônica, o que praticamente paralisou por quinze minutos qualquer pessoa usando uma escuta auricular. E digo "praticamente paralisou" porque, por algum motivo que nem os projetistas entenderam, os órgãos das vítimas e os globos oculares continuaram funcionando. Portanto, havia muitos olhos revirando e respiração enfraquecida, mas nada mais significativo.

(2) Assim que o Taser sônico foi emitido, eliminando todos os membros das equipes de segurança do jogo, o IPSCE produziu um pulso eletromagnético localizado que acabou com todas as baterias e inutilizou todos os equipamentos que funcionavam com elas, veículos e sistemas de comunicação dentro do raio de cinco quilômetros.

Basicamente: fim de jogo. Exceto para o *Ajax*, cujos sistemas estavam magneticamente protegidos.

No alto do seu posto de comando, Freddie Leveque bateu palmas entusiasmado quando um helicóptero caiu do céu dois quilômetros ao norte.

– O IPSCE – vibrou ele. – Adoro esse acrônimo. Qual é mesmo o significado das letras?

Spin Zhuk estava no deque, estendendo uma ponte para a margem.

– Algo muito idiota. Uma das brincadeiras do *chef*.

– Está dizendo que o *chef* é *idiôta*? É o que está *querrendo* dizer?

Spin conduzia a ponte com um aplicativo de celular.

– Não, não estou dizendo isso. Jamais diria tal coisa.

– Então me conte o significado das *letrras*.

– Pois bem – disse Spin. – I – P – S – C – E. Interferência de Pulsação Sônica Cabuuum-E.

Leveque gargalhou.

– *Cabuume*. Sem dúvida a minha *parrte prredileta*.

Era típico de Leveque rir e fazer piadas enquanto diante deles havia morte e sofrimento. Spin via colunas de fumaça erguendo-se de, pelo menos, seis colisões, e dúzias de agentes de segurança jaziam no chão, imobilizados como estátuas pelo Taser sônico. Sentia-se grata por Cole Vanger já não mais pertencer ao grupo, ou ele teria incendiado aquelas pessoas só para se divertir. Spin sabia que se distanciava muito de um anjo, e também as mataria, mas só se lhe pagassem.

– Vamos, Leveque. O Taser só dura de quinze a trinta minutos.

– E daí? – Freddie perguntou imperturbável. – Depois disso, é só a gente *atirrar* neles. Não vejo *prroblemas*.

Entretanto, havia um problema. E ele se aproximava em alta velocidade, sem nenhum controle da sua abordagem.

O inspetor Diavolo Conroy aproveitara-se da revolucionária impressora 3D do *Tanngrisnir* para produzir uma seleção de armas e codificara cada pistola e lançador de míssil com a própria impressão digital.

Pelo menos vou morrer bem armado, ele pensara.

Mas, na verdade, não desejava morrer naquele dia deixando a sua Shiv sozinha.

Então, só me resta sair vitorioso.

Conroy sabia que os homens em terra eram companheiros de primeira. Mas também se lembrou das palavras de Stark:

– Você irá de encontro a terroristas bem treinados, portanto, tome cuidado. Apenas os contenha até o aparecimento do bom e velho Starkey aqui. Sem querer ofender, Diavolo... E ainda não consigo acreditar que os seus pais tenham feito isso com você... Sem querer ofender, D. , mas será uma briga para super-heróis.

Esse tipo de conversa levaria qualquer irlandês no planeta a assumir o modo ultrassarcástico, e Conroy não fugia da regra.

– Certo, T., você é um super-herói. Sabe que não entendo como conseguimos nos virar até *você* aparecer. É admirável o fato de a ilha inteira não ter simplesmente afundado em razão da nossa incapacidade.

Stark gargalhou.

– Muito engraçado, Conroy. Mas, sério, cuide-se. E mais uma coisa.

– E o que seria, senhor Super-herói?

– Não arranhe o meu iate.

Na verdade Conroy crescera num estaleiro, e quando não jogava o esporte nacional predileto, o hurling, passava o tempo mexendo nos iates dos ricos, pilotando-os até Mônaco, Cannes ou lugares assim; portanto, controlou rapidamente, com toque de mestre, o comando básico do

Tanngrisnir. Assim que o brilho dos repulsores do Homem de Ferro desapareceu, Conroy seguiu a toda velocidade, deixando o *Tanngrisnir* erguido nos seus estabilizadores e retraindo o mastro grosso.

Ele tinha a sensação de que o tempo era crucial, o que foi confirmado pelo telefonema de Fergal.

E bem sabia que alguns segundos implicariam a diferença entre a vida e a morte.

O barco do Mandarim já entrara no campo de visão do inspector naquele momento, e o homem assistiu atônito à transformação da traineira em canhoeira.

– Inacreditável – disse ele. – O que se passa aqui?

– O que se passa? – perguntou o módulo secundário do Protótony pelos alto-falantes da ponte de comando. A IA era uma versão básica destituída do mesmo brilho da original. – O que se passa é isso mesmo, inspetor Conroy; é a realidade. O barco pesqueiro acabou de se revelar um barco de guerra.

– Na verdade, gostaria de um pouco mais de detalhes. Estamos em velocidade máxima?

– Está se referindo à velocidade da luz? Essa seria a velocidade máxima.

– Quero saber a velocidade máxima deste barco. Você consegue aumentá-la?

– Não mais – respondeu Protótony. – O que é bem superior ao que estamos prestes a alcançar se eu estiver certo quanto ao míssil disparado por aquela canhoeira.

Conroy sentiu-se apreensivo.

– O que tem o míssil?

– Duas palavras – disse Protótony –: pulso eletromagnético.

– Não seriam três palavras? – Diavolo perguntou, mas Protótony já se calara para preservar o sistema antes que a

PEM fosse acionada, deixando o inspetor Conroy atrás do leme de metal de cinquenta toneladas aquaplanando.

PEM, Conroy pensou. *Isso significa que este leme em instantes se tornará inútil, e este barco a toda velocidade acabará indo para onde está apontado.*

Depois de compreender a realidade, o inspetor Conroy apontou o *Tanngrisnir* para onde desejava que fosse.

E agiu em tempo, pois, assim que virou o leme, todo o sistema elétrico do iate morreu, e Diavolo se sentiu tão no controle quanto uma craca no dorso de uma baleia.

Felizmente, como no cinto do assento do capitão não havia nenhum componente elétrico, Conroy conseguiu se prender antes do impacto, quando uma rede acima de onde se acomodara, a qual o inspetor não notara, despejou quase cem litros de um gel de compressão que se moldou ao seu corpo, transformando-o numa espécie de enorme bolha de muco. Estava salvo da morte certa.

Era bem possível que a mudança de expressão de Leveque estivesse entre as mais rápidas já acontecidas. Num milissegundo ele estava arrogante, sedento de sangue; no seguinte, comicamente atônito, sem falar que voava pelos ares nos escombros do que fora seu cesto da gávea. A expressão de perplexidade também mudou rapidamente, passando para uma inconsciência relaxada, resultado de uma concussão que não chegou a ser explosiva, mas apenas o derrubou com uma pancada na têmpora, como um mecanismo acionado em contagem regressiva. Então, recapitulando: um medidor de descarga concussiva derrubara Leveque.

O iate de Stark atingira o *Ajax* com tanta velocidade que a quilha se soltou dos estabilizadores e literalmente aterrissou no segundo barco. O choque do impacto derrubou a base do cesto da gávea onde estivera Leveque, levando a estrutura a despencar na ponte de comando do iate de Stark, atravessando o teto e destruindo o computador de bordo e os painéis de controle.

Conroy se lembrou das palavras de Tony – "Não arranhe o meu iate" – e pensou: *Ops!*

Um pensamento histérico, sem dúvida, pois Conroy se viu numa situação tão inacreditável que metade dele acreditava estar em coma em algum lugar, sonhando com toda aquela aventura.

Se meus olhos não andam me enganando, estou sentado na ponte de controle do iate do Homem de Ferro tendo abalroado a canhoeira do Mandarim.

Não é possível, em nome dos pequenos leprechauns *verdes, que isto esteja de fato acontecendo.*

Mas, acontecendo ou não, o inspetor deveria prosseguir como se aquela cena toda fosse real, porque, *se fosse* real, então a qualquer momento algum tipo terrorista surgiria transformando-o num espetinho com algo pontiagudo.

Talvez você já seja um espetinho, meu caro Diavolo.

Conroy se moveu lentamente pelo gel de compressão, que fedia mais que o inferno, uma informação que teria de transmitir a Stark, e destravou o cinto de segurança. Em seguida, abriu um buraco no gel retorcendo-se para sair dali. Boa parte da bolha gosmenta caiu no chão, mas um resíduo melequento permaneceu grudado em Diavolo Conroy, colando os cabelos loiros no crânio.

Parece que um gigante espirrou em mim, ele pensou, e, quando se viu num painel espelhado intacto, também percebeu que se parecia com algo em que um gigante tivesse espirrado.

Conroy se avaliou o melhor que pôde e aliviou-se ao ver que, exceto pela queimadura dolorosa provocada pelo cinto de segurança no peito, parecia miraculosamente ileso. E não diria o mesmo do barco, amassado como um papel de bala descartado.

Conroy sobrevivera, e seus instintos de sobrevivência estavam alerta. Então, procurou as armas que imprimira, largadas no piso do convés, só para descobrir que não funcionavam.

Claro. O PEM, concluiu. Codificara as armas segundo a própria impressão digital, portanto, tinham componentes eletrônicos.

Tudo frito. Só me resta...

Diavolo imprimira duas outras coisas: um bastão de hurley e um bola dura.

Para aqueles que não conheciam o hurley, esporte irlandês nacional, seria justo descrevê-lo como uma combinação de hóquei com artes marciais. Dois times de jogadores armados com bastões de madeira se esforçam ao limite físico humano para levar uma pequena bola de couro até o gol do time adversário. Ao assistir a uma filmagem de uma partida final do campeonato irlandês, ouviriam o famoso escritor japonês Yukio Mishima descrever os jogadores como se possuíssem "a essência de um samurai", tamanha a habilidade deles com os bastões.

Podia-se dizer que Diavolo Conroy tinha a essência de um samurai e fora uma estrela em ascensão até estourar o joelho ao despencar de um choque com um zagueiro de noventa quilos de Galway. Conroy nunca se sentia mais feliz do que quando tinha um bastão na mão e uma bola com que brincar, e antes pensara que, em razão de haver a impressora 3D à disposição dele, poderia muito bem imprimir algo que lhe ocupasse as mãos.

Por isso, produzira o primeiro bastão e a primeira *sliotar*, como a bolinha dura era chamada, usando uma impressora 3D. Diavolo encontrou o bastão debaixo de um monitor danificado, mas a bola desaparecera.

Então, pegou o bastão e de imediato se acalmou.

Muito bom, pensou. *É até melhor que a coisa real, para citar os caras do U2.*[6]

Mal teve tempo de girar o bastão quando Freddie Leveque, ou, como Conroy pensou nele – *o grandão que quer me matar* –, apareceu atravessando o teto com uma variedade maior de armas do que um personagem de Call of Duty. Talvez funcionassem, e talvez não. Diavolo não sentia qualquer disposição para se arriscar.

– Fique onde está, fanfarrão – alertou Conroy. – Você está preso por diversos motivos.

Leveque tirou o capacete e sacudiu a cabeça para se livrar das estrelas que lhe embaçavam a visão, depois executou uma meia cambalhota a partir da posição deitada em que estivera, alguma coisa que Conroy considerava impossível de fazer, mas, em retrospecto, muitas coisas impossíveis vinham acontecendo naquele dia.

– Vai *prrenderr* Freddie Leveque com um bastão? – perguntou o homem, que sorriu como um lobo que acaba de avistar um naco de carne fresca desprotegida.

---

6 Referência à música "Even Better Than the Real Thing", da banda irlandesa U2. (N.T.)

Conroy não avaliou que aquele sorriso lhe fosse favorável.

– Não é só um bastão – respondeu. – É um bastão de hurling.

– Bem, nesse caso... – disse Leveque, levando a mão para o coldre preso à coxa.

Conroy, movendo-se bem rápido para um cara com um joelho ruim, atingiu os nós dos dedos de Leveque com o bastão.

– Não faça isso, grandão. Vou esmurrar você até a metade da semana que vem.

Leveque largou a pistola e fez uma dancinha desajeitada, chupando as juntas machucadas.

– O que é isso? Não estamos no *patiô* da escola.

O que Stark diria?, Conroy se perguntou, e falou:

– *Não* estamos no pátio da escola, amigão. Estamos no *meu* parquinho agora.

Leveque fez uma careta.

– O que *querr dizerr*? *Parrquinho*? Aqui não é nenhum *parrquinho*. Você está louco. – E empunhou uma segunda pistola, que lhe foi arrancada da mão com outro golpe do bastão e lançada ao longo do convés.

Sem perder mais tempo com palavras, Leveque se arremessou no ar, de alguma forma erguendo os joelhos para acertar Conroy no peito, que cambaleou para trás. Conforme Conroy se desequilibrava, Leveque conseguiu se apoiar no peito do inspetor, desferindo uma série de golpes nos ombros e no rosto do irlandês.

Enquanto Conroy era surrado e empurrado para trás, com os receptores de dor reluzindo num branco ofuscante, percebeu as impressionantes habilidades de combate do terrorista. *Vou precisar me esforçar muito para escapar vivo.*

Leveque, por sua vez, sentia-se ultrajado porque o irlandês havia inutilizado a embarcação de combate mais avançada do mundo. No entanto, agradecia o fato de o irlandês louco ter sobrevivido, assim poderia matá-lo.

Leveque avistou um cano exposto acima e o agarrou. Passou-o pelo corpo de Conroy, terminando o movimento esmagando, com os dois calcanhares, a testa do infeliz inspetor. O policial irlandês caiu de joelhos e derrapou pelo convés até ser detido por um emaranhado de eletrônicos destroçados.

Ainda consciente por um fio, Conroy pensou: *É isso. Acabou. Não consigo pegar esse cara. Adeus, Shiv.*

No entanto, só de pensar no nome da amada esposa, uma chama de determinação se acendeu no peito de Conroy.

Não. Shiv quer uma família e não a deixarei assim.

Conroy ainda segurava o bastão, que de pouco servia naquele momento, e seu inimigo estava quase pegando a espingarda presa às costas. Somente um louco carregaria um bastão para um combate contra uma espingarda.

Deve existir alguma coisa, Conroy pensou desesperadamente.

E *havia* alguma coisa acomodada bem entre os joelhos dele.

A *sliotar*. A bola de hurling. O destino a deixara ali.

– Ergam-se, homens da Irlanda – declarou Conroy, o sangue escorrendo pelos lábios. – Ergam-se e compareçam.

– Mais tolices sem sentido, *mon ami* – disse Freddie Leveque. – Estou *farrto* disso.

E quando os dedos do mercenário encontraram o cabo da espingarda, Diavolo Conroy iniciou uma sequência de movimentos que completara tantas vezes durante a carreira de jogador que até a haviam batizado com o seu nome.

Quando ocorre um impedimento no hurling, o jogador tem direito a um tiro livre, numa distância de talvez uns cento e trinta metros. O jovem Diavolo Conroy desenvolvera um sistema de movimentos explosivos partindo da posição ajoelhada, o que acrescentava ímpeto ao seu balanço e à distância do tiro. Seu treinador batizara a sequência toda de Diavolo Special, e ela fora bem popular por um período no circuito juvenil. Naquele momento, Diavolo decidiu fazer os mesmos movimentos com o corpo, enquanto enfrentava o inimigo mais perigoso da sua carreira.

Na espingarda de Leveque, havia oito balas.

Diavolo Conroy contava com apenas uma bola. Uma chance.

Leveque falava ao se mover, um hábito que, segundo o Mandarim, ainda o levaria a enfrentar problemas um dia.

– *Mon dieu, c'est terrible*. Que dia! *Prrimeiro* aquele Homem de *Ferrô*, e *agorra* este pequeno *leprechaun* policial. Basta. *C'est fini*.

Conforme falava, ele puxou a espingarda do coldre magnético às costas e a armou para um tiro. A distância lhe permitiria arrancar a cabeça do irlandês, e talvez assim Freddie se sentisse um pouco melhor.

Ainda vou conseguir eliminarr *os* reprresentantes, ele notou. *Tenho tempo*.

Leveque mirou o cano no inimigo, que parecia ainda querer se salvar.

Mas qual a imporrtância *disso? É impossível* fugirr.

Nada impossível, como se verificou em seguida, mas muito difícil.

Ajoelhado, Diavolo Conroy se orientou com o peito, lançando-se num movimento semelhante ao de um símio.

Afundou a cabeça, abaixando o seu centro de gravidade, e girou o braço que segurava o bastão para trás até os tendões reclamarem.

– Está ficando velho, Diavolo – disse a si mesmo. Velho e duro.

Com a mão direita apanhou a bola, sentindo as ranhuras entre os dedos e, em seguida, impulsionou as pernas, catapultando-se literalmente na direção de Leveque bem quando o dedo do homem se fechava no gatilho da espingarda.

O tempo pareceu passar em câmera lenta enquanto Conroy lançava a bola no ar, também girando o bastão para encontrá-la. Num golpe certeiro, a bola ganhou velocidade, atingindo bem o globo ocular de Leveque. O francês recuou ao apertar o gatilho, e o tiro da espingarda passou rente à cabeça de Conroy.

Leveque desmaiou depois de bater no convés. Na verdade, teve sorte de não morrer, pois o golpe de Conroy pressionara o globo ocular, empurrando-o na direção do crânio. Mais dois milímetros e o cérebro do homem teria explodido. Freddie Leveque estava fora de combate, e o inspetor Conroy sobrevivera, superando as possibilidades.

O Diavolo Special levou Conroy a avançar pelo longo convés destruído, acabando em cima de Leveque.

– Muito constrangedor – disse ele ao francês inconsciente, para, em seguida, arrancar a bola do globo ocular do homem, fazendo uma careta ao ver a órbita esmagada, da qual parecia vazar algum tipo de fluido.

Conroy, rolando de cima de Leveque, ficou de costas. Pensou em como gostaria de ver a esposa e em como Stark se irritaria ao ver o barco.

– Mas o cara vive se gabando de ser bilionário – murmurou. – Vai poder construir outro.

14

ALGUMA COISA SUSPEITA

Londres, Inglaterra, uma hora mais tarde

Foi ótima a sensação de voltar ao traje vermelho e dourado, flutuando acima das cristas das ondas a toda velocidade. Normalmente, Tony preferia estrear trajes de batalha com rigorosos testes de voo, mas naquele instante não havia tempo para isso. A garota Saoirse corria perigo, e, a despeito das circunstâncias do recente encontro deles, Tony admirava o tanto que ela fizera para resgatar a irmã.

Invadindo a minha IA, ele pensou. *Muito inteligente.*

Por isso, ele seguiria o sinal do capacete do Pacote de Festa e resgataria a irlandesa antes que o inspetor Conroy chegasse ao Royal G., para onde o sinal se encaminhara antes de desviar.

– Não tenho escolha – o homem chamado Diavolo (só faltava essa) lhe dissera no *Tanngrisnir*. – O Royal G. é onde a maioria dos representantes do meio ambiente está hospedada. Não é mera coincidência. O meu dever está lá.

Tony lhe dissera que ligasse para o local pedindo às tropas que se preparassem, e ele mesmo seguiria para o Royal G. assim que desse um jeito na confusão criada pelo Mandarim.

O Mandarim não estará no local do ataque. Ele nunca está.

Não, era bem mais provável que o Mandarim estivesse com a refém, caso conseguisse descobrir Saoirse.

Protótony interrompeu seus pensamentos.

– Ei, T-Star, tenho uma chamada do capacete. Quer aceitá-la?

Saoirse, sua menina inteligente, pensou Tony. *Você escapou.*

– Claro que sim – respondeu. – Passe a ligação.

– Poderia dizer "passe a ligação, P-Tone"? Significaria muito para mim.

Tony fez uma careta. Se a personalidade dessa IA tivesse assimilado o comportamento dele baseando-se no comportamento público, então entenderia por que as pessoas o consideravam irritante. E ele sabia que as pessoas o consideravam irritante porque Rhodey lhe contara. As palavras literais foram: "Tony, meu chapa, você é a pessoa mais insultada na internet. Existem alguns adolescentes malvadões que chegam perto, mas você, meu amigo, é o número *uno*, todo cheio de ostentação. Você sabe o que faz, cara? Você ostenta. É um exibicionista".

E então, como naquele momento estavam brincando de beisebol, Tony correra atrás de Rhodey com um bastão e, de alguma forma, acabara quebrando o espelho retrovisor lateral do Trans Am do amigo, e depois acabaram ficando uma semana sem conversar.

Tony não dispunha de tempo para discutir com o Protótony; mal tinha tempo para *pensar* em discutir com o Protótony.

– Ok, ok – disse ele. – Por favor, pode me passar a ligação, P-Tone?

Apareceu um sinal na parte interna do display, junto com um rosto distorcido.

– Saoirse! – exclamou ele. – Graças a Deus. Que tipo de malabarismo muito louco armou para escapar daquele maníaco?

Mas, quando acabou a estática, Tony viu que o rosto no monitor não era o de Saoirse, mas sim o do Mandarim.

– Mandarim, se você a machucar, juro que... – Tony disse.

– Ah – interrompeu o Mandarim –, que ameaça vaga. Banal. Mero clichê. Tão singularmente *americana*, se não se importa com minha observação. Um vocabulário falido para combinar com uma ideologia falida. A terra da liberdade? Não de acordo com os números dos seguros de saúde.

Tony cerrou a mandíbula com tanta força que ela estalou, e, portanto, falou entredentes:

– É para isso que me chamou, Mandy? Para me passar um sermão sobre os males da civilização ocidental?

– Não – admitiu o Mandarim. – Podemos caracterizar isso como um desvio do assunto. Não, senhor Stark. Liguei para lhe enviar uma mensagem.

– Não me diga... Fique longe ou mato a garota, acertei?

– Não. Ah, não. Com certeza não. Venha e me ache, senhor Stark. Não conseguirá escapar duas vezes.

– Então ligou só para dizer oi?

O Mandarim sorriu.

– Sim, claro! Oi! Mas venha *sozinho* ou a menina morre. Entende? É assim que se faz uma ameaça. Declare com bastante clareza as consequências.

– Estou chegando, Mandarim. E permita-me elucidar quaisquer confusões quanto à minha vaga ameaça. Se ferir a menina, causarei o mesmo tipo de sofrimento em você. Fui claro?

O Mandarim assentiu como se estivesse refletindo a respeito.

– Uma jogada inteligente, pois me força a avaliar as minhas próprias ações. Muito bem feito, senhor Stark. Contudo, por mais que nosso encontro me satisfaça, sinto que não estamos em pé de igualdade. Afinal, você dispõe do seu maravilhoso traje.

– E você dos seus anéis misteriosos.

– Verdade. Meus anéis de fato são poderosos. Mas, ainda assim, prezando o interesse do jogo limpo, preciso pender a balança um pouco para o meu lado.

Tony sabia que precisava encerrar aquela ligação e seguir até a fonte do sinal, que, conforme seu sistema apontava, era um TEC de quatro minutos, mas a curiosidade o levou a manter o canal aberto.

– Pender a balança... E como vai fazer isso?

– Do mesmo jeito que Genghis Khan, meu ancestral direto, eu usarei o que hoje chamamos de psicologia de guerra. O grande Khan recorria a boateiros de confiança para disseminar exageros sobre a ferocidade dos cavaleiros mongóis em seu exército. Muitas vezes, venciam a batalha antes mesmo de as forças de Khan chegarem ao local.

– Quer dizer que vai inventar alguma historinha só para se livrar de mim? Parece meio contraprodutivo esse aviso de antemão.

– Não há necessidade de invenções, senhor Stark. Tenho notícias velhas que deverão perturbá-lo tanto que desistirá do jogo. Na verdade, imagino que perderá toda a lógica e virá voando furioso, sem cautela alguma.

Protótony interveio na conversa.

– T-Star, recomendo-lhe que interrompa esse palhaço. Nada de bom acontecerá se lhe der ouvidos. O sujeito está apenas se divertindo com você.

Tony, ainda que reconhecesse a validade das palavras da IA, já estava interessado demais na conversa.

– Dá um tempo, Protótony. Preciso ouvir o homem. Que velhas notícias, Mandy? Não me assusto tão facilmente quanto você imagina.

– Meu aviso foi justo, senhor Stark. Se escolher ouvir a notícia, a sua vida mudará para sempre, ou o pouco de vida que lhe resta. Por isso, lhe ofereço a oportunidade de preservar a sua abençoada ignorância.

– Fale de uma vez, Mandy.

– Pois muito bem. Esta história diz respeito à sua antiga colega Anna Wei. Ou talvez tenha sido mais do que uma simples colega, não, Tony Stark? O famoso Don Juan.

Tony se sentiu enjoado, mas incapaz de encerrar a ligação. Por anos vinha se atormentando com a morte de Anna, convencido de que, na realidade, ela não se suicidara, e naquele momento parecia que o Mandarim elucidaria a noite em que ela se jogara no Pacífico.

– Continue, Mandarim, mas saiba que esta talvez seja a última história que contará.

– De novo, vagas ameaças – disse o Mandarim. – Tédio absoluto.

– Tem algo a contar sobre a Anna, Mandarim? Fale.

– Na minha biografia, planejo dedicar um tempo considerável àquele incidente, pois creio que seja significativo para ambos; formativo, se preferir. Mas, por ora, a versão abreviada.

A única palavra que ocorria a Tony para descrever a expressão do Mandarim naquele momento era *arrogante*. Rhodey tinha um nome para aquela cara; chamava-a de "arrogante a ponto de esmurrar", o que Tony até então não havia compreendido, porque provavelmente ele era quase sempre um cara arrogante.

– Há tempos você suspeita de que a vida de Anna Wei não acabou por vontade dela e está correto.

Tony ficou tão chocado que quase perdeu o controle do traje.

– Foi *você*? Você matou a Anna?

A máscara de arrogância do Mandarim foi substituída pelo tédio.

– Ora, por favor, Stark, eu estou falando agora. Relatando. Você está interrompendo o fluxo da narrativa. O melhor ainda está por vir... Ou talvez o pior.

Nada do Tony. Nenhum comentário jocoso. O sarcasmo de Stark sumira, trocado pela força de um guerreiro implacável.

– Aquele não foi um simples homicídio. A preparação é tudo – disse o Mandarim. – Meu ilustre compatriota Sun Tzu afirmou em *A arte da guerra* que vence "aquele que está bem preparado e enfrenta um inimigo desprevenido e aquele que é um general sábio e capaz, em cujas decisões o soberano não interfere". Dessa forma, preparei-me com grande zelo e paciência para a importante tarefa. Empreguei espiões e fiz planos.

– Pensei que esta fosse a versão abreviada – disse Tony, e a própria voz lhe pareceu estranha.

– Ah, sim. A sua chegada se aproxima, portanto, é melhor que eu vá ao ponto. Anna Wei era intensamente leal a você e ao país de adoção dela, porque foi necessária uma imensa engenhosidade para levá-la a trabalhar no meu laboratório construído num complexo subterrâneo com funcionários exclusivamente americanos. A senhorita Wei acreditou que agentes da S.H.I.E.L.D. a retiraram do apartamento onde morava e continuou a trabalhar com controle psiônico, sem saber que durante todo o tempo vinha aperfeiçoando a minha tecnologia.

Pobre, Anna, Tony pensou. *Sequestrada e enganada.*

– Quando a senhorita Wei concluiu seu trabalho, tentei manipulá-la para invadir o traje do Homem de Ferro, mas ela se recusou. Infelizmente, portanto, já não tinha serventia para mim.

Tudo fazia sentido, Tony compreendeu. De repente, ele ficou com tanta raiva que, em termos legais, seu estado mental seria temporariamente qualificado de insano.

Mesmo assim, o Mandarim continuou falando:

– Portanto, de fato a senhorita Wei está morta, mas não porque assim o quis, como as evidências apontaram. Eu plantei tais evidências.

O coração de Tony acelerou para um território perigoso, e ele mal conseguiu se controlar para formar uma frase curta.

– Estou chegando, Mandarim.

O homem riu deliciado.

– Ah, uma primorosa eloquência, Tony Stark. Parece que meu plano já está funcionando.

Tony sabia disso, mas pouco se importava. O Mandarim matara Anna e, nos próximos minutos, a vingança cairia dos céus.

O capacete do Pacote de Festa apontava a posição do Mandarim em algum lugar de uma zona morta, numa extensão abandonada às margens do Tâmisa, fora de Londres, na Inglaterra, a seiscentos e cinquenta quilômetros de Dublin.

– Maravilha – disse Protótony. – Mais docas. Deveríamos encontrar uma ponte para derreter. O que me diz, T-Star?

– Onde ele está? – Tony perguntou com frieza. – O lugar exato.

– Não tenho como saber o *lugar exato*. Só estou recebendo ruído branco. O Mandarim deve ter armado um dos seus famosos bloqueadores de sinais. Segundo meu palpite, um megabloqueador. Na área há menos sinal do que na Idade Média.

– Onde fica a zona morta?

– Numa construção abandonada no desembarcadouro. Possivelmente uma instalação de processamento de peixes. A propósito, adoro a palavra *desembarcadouro*. Não tenho oportunidades de usá-la com frequência.

– Então ele está nessa instalação?

– O *capacete* está.

– O capacete pertence às Indústrias Stark – disse Tony, e acelerou na direção do prédio.

A fábrica pesqueira fora abandonada havia tanto tempo que adotara a cor lamacenta dos arredores, como se o lodo do Tâmisa tivesse se apossado do concreto do prédio. Dessa forma, perfeitamente camuflado, do alto estava quase invisível, e observadores pouco atentos dentro de um avião não veriam nada além de outra extensão de margem. O barranco do rio sofrera a erosão das descargas tóxicas, e o medidor de atmosfera de Tony lhe informou que a água não era adequada nem para consumo tampouco para banhos. Era desnecessário dizer a quase inexistência de vida marinha. De fato, os residentes naquela faixa do Tâmisa se resumiam a carrinhos de compras jogados fora, bicicletas e restos de laptops, todos bocejando nas águas rasas como jacarés famintos.

De vida humana não se via nada ali, mas a margem oposta transbordava de trânsito e de prédios de escritórios.

– Vou entrar – avisou Tony.

– Pensei que faria isso, T-Star – disse Protótony. – Imagino que não faremos o pinguim?

– Não. Velocidade máxima, nariz primeiro. Aqueça as armas.

– Tenho quase medo de perguntar, mas quais delas?

– Todas – respondeu Tony.

É muito tênue a linha divisória entre herói e vilão, e Tony sempre conseguiu ficar do lado certo. Claro que precisou tomar decisões difíceis, mas sempre pelos motivos corretos. No entanto, naquele momento, dominado pelo ódio ao Mandarim, essa linha parecia apagada e sem importância. O que seria um homem se não vingasse os seus entes queridos? O que seria a moralidade diante da justiça de fato? Tony já testemunhara bastantes eventos para saber que a única justiça verdadeira vem das próprias mãos. Apesar disso, ele não tinha nenhum plano concreto a não ser salvar a garota e provocar sofrimento no Mandarim. Até que ponto iria, ele não sabia dizer.

Tony estava a dois segundos de explodir os painéis do teto quando se distraiu com a chegada repentina de uma metralhadora, o *ra-ta-tá* de balas chocando-se contra a armadura de titânio que usava, a cabeça impulsionada para a direita com a força do impacto.

– Balas perfuradoras de armadura – disse Protótony.

– Não *esta* – grunhiu Tony, recuperando-se do impacto que, ainda que não fatal, por certo fizera muito ruído.

– As pessoas são verdadeiramente cruéis, sabia disso, T-Star? Não acontece esse tipo de coisa no Festival de Cinema de Cannes.

Dispararam mais tiros para o alto, dessa vez vindos da direita, empurrando-o para a esquerda.

– Localize os atiradores – ordenou Tony. – Agora.

Não estava preocupado que as balas inutilizassem o traje do Homem de Ferro, mas era perturbador constatar a presença de homens do Mandarim naquele lugar.

Vim voando direto para o plano B, percebeu.

Balas voaram de baixo, numa composição pirotécnica ardendo ofuscante no céu vespertino, e Tony se viu no meio de uma saraivada delas, o que o levou a retardar a descida e desviar do curso determinado.

Os caras são bons atiradores, pensou. *Estou oficialmente incomodado.*

– Quantos? – perguntou.

– Vejo três. Um na frente e dois nos cantos de trás.

– Mostre-me o primeiro – ordenou Tony, e Protótony enviou-lhe a imagem de um homem forte usando máscara de oxigênio e óculos especiais de combate. Grande parte do corpo do sujeito estava bloqueada pela proteção do Mandarim e permanecia turva mesmo para a câmera.

– Ele tem algo nas costas – afirmou Tony. – O que é?

Protótony tentou ampliar o zoom, mas a imagem continuou turva.

– Se eu tivesse que dar um palpite, T-Star, diria que é uma cesta de piquenique.

Assim que tais palavras foram pronunciadas, o homem executou uma decolagem vertical, um jato de fumaça formando-se atrás dele.

– Pensando bem – disse Protótony –, poderia ser um propulsor a jato.

O homem do Mandarim continuou atirando em pleno voo, num admirável controle da arma e do propulsor, forçando Tony a manobras evasivas.

– Me dê a sequência em espiral – Tony ordenou. – Derrube esse cara antes que ele atinja alguém.

Protótony assumiu o controle, por assim dizer, fazendo Tony espiralar em torno do homem armado e analisar aquela tecnologia à medida que se aproximavam.

– Ele está voando com combustível de avião, T-Star. Altamente explosivo. Além disso, carrega quinhentas balas num cinto e quatro dispositivos incendiários.

Portanto, abater o cara estava fora de questão. Não que Tony se importasse muito naquele momento com o destino de um dos capangas do Mandarim, mas uma queda descontrolada poderia levar o bandido voador do alto do rio até o meio do território povoado.

– Tudo bem – afirmou ele. – Vamos para uma abordagem mais pessoal.

Tony assumiu as rédeas e formou um ângulo voltado para o homem, acompanhando a velocidade e a trajetória dele. Ainda assim, o capanga disparou a pistola automática, e uma das próprias balas ricocheteou na placa do peitoral do Homem de Ferro e o atingiu no ombro.

– Cretino – disse Tony, a voz sem um pingo de empatia. – Hora de aterrissar.

Então, envolveu o homem ferido num abraço de urso, pegando-o por trás para interromper o fluxo de combustível na mangueira. O propulsor sibilou, e Tony conseguiu enfiar o homem na margem lamacenta do rio, apenas a cabeça para fora.

– Isso o manterá aí até a polícia chegar – disse ele. – Agora, aqueles outros dois.

– Eles voaram do poleiro – explicou Protótony. – Vejo que estão seguindo o curso do rio rumo ao centro da cidade.

Tony grunhiu de frustração. O Mandarim, como de hábito, dispunha-se a colocar pessoas inocentes em perigo só para ganhar alguns minutos. Bem, o Homem de Ferro tinha um truque ou dois na manga – ou, melhor dizendo, na placa do ombro.

– Temos que embalar esses caras enquanto ainda estão sobrevoando o rio.

Embalar se referia ao vírus de celofane produzido por lesmas que um jovem e brilhante funcionário das Indústrias Stark inventara para abordagens não letais. Com o contato da lesma, o vírus se espalhava e cobria o alvo com uma camada restritiva de celofane, poroso a ponto de permitir uma respiração superficial, mas capaz de fraturar costelas. Para a sorte dos dois homens, a camada envolvente flutuava durante trinta minutos até começar a se dissolver –, provavelmente menos do que trinta minutos devido à água ácida do Tâmisa.

– Embaladores nos canos, T-Star – disse Protótony. – Dois alvos, ambos com o mesmo tipo de equipamento. Terá de agir na mira visual.

Tony pairou suspenso, observando os sujeitos se aproximarem de uma área mais densamente povoada.

– Concordo. Mira visual.

– Quer dizer que vamos atrás dos caras?

– Não – Tony discordou. – *Você* vai. Transfira-se para os sistemas a bordo do primeiro míssil e depois desvie antes do impacto.

– Chefe, não posso deixá-lo sozinho – opôs-se Protótony. – Por mais que uma IA deva obedecer às ordens do seu humano, na possibilidade de ele se ferir, essas ordens podem ser revogadas.

Tony se emocionaria caso não sentisse uma raiva colossal.

– Sério? Antes você mal podia esperar para sair do traje. De todo modo, essas são as leis de Asimov, não minhas. Não sou muito fã de seguir regras.

– Vamos lá, T-Star. Somos uma equipe agora; não me mande embora. Você sabe que, após a detonação final, precisarei de uma reinicialização no laboratório.

– Às vezes uma equipe tem que se separar para eliminar bandidos, concorda? Estamos em campo. T-Star e P-Tone, limpando o lixo. Você pega os dois nos propulsores, eu salvo a garota.

– Tudo bem, companheiro – disse Protótony, incapaz de resistir à súbita demonstração de camaradagem.

Em seguida, transferiu sua consciência para os sistemas de armas, especificamente para o primeiro dos dois minimísseis com vírus-c, que ele lançou das aberturas acopladas aos ombros do Homem de Ferro.

Tony esperou até vislumbrar os minimísseis rumo aos alvos, e depois se concentrou na fábrica de peixes.

Estou chegando, Mandarim, pensou. *O passado alcançou você.*

O homem voador a jato número dois só ligava para o que era maneiro.

Devo parecer muito legal visto no alto assim, como um daqueles dinossauros alados. Um pterodáctilo. Isso aí. Pterodáctilo Terry.

Ele de fato se chamava Terry – Terrance McGoomber. Londrino, era um dos agentes de segundo escalão do Mandarim no East End. Galgara posições numa empresa de segurança pilantra e dedicara-se a alguns anos de contrabando de armas antes de o Mandarim afiançá-lo de uma prisão em Taiwan.

E hoje estou aqui voando neste jato propulsor. Não é demais?

– Que demais! – exclamou de pura alegria, disparando uma centena de balas no rio abaixo, o que causou uma revoada de gaivotas selvagens cinzentas.

Terry deveria ter calado a boca porque a cápsula do vírus-c, que o atingiu na lateral do rosto, arremessou-o num movimento espiral descendente até a margem do rio, onde o celofane rapidamente lhe envolveu o corpo como um agressivo polvo transparente. E como a boca estivera aberta, acabou engolindo uma boa porção do material, o que lhe causou prisão de ventre por um mês.

O voador a jato número três distanciara-se mais, porque usava um material mais resistente que o Pterodáctilo Terry. Na verdade, era uma mulher, a noiva do Terry, e portava com muito orgulho um anel de noivado de diamante falso e o extravagante nome de Summer Berry, o que bastaria para a maioria dos homens se apaixonar, e Terry não fora exceção. Naquele exato dia, Summer e Terry iniciariam a lua de mel, mas o plano tivera de ser alterado quando o Mandarim convocara a equipe B para uma emboscada numa fedorenta fábrica de peixes à margem do Tâmisa. Um lugar sem conforto. Nem mesmo uma Starbucks se dera ao trabalho de abrir uma loja ali. Summer estava irritada, mas manteve o sentimento em segredo. O Mandarim, além de reprovar reclamações, lhes pagara uma quantia que os sustentaria nos dez primeiros anos de casamento.

Vou fazer este trabalho, pensou Summer ao sobrevoar a ribanceira do Tâmisa e mirar uma festa de casamento do lado de fora do Pub Duck&Dive. *Mas, se o dia do meu casamento está arruinado, o de mais alguém também estará.*

Esse foi o último pensamento parcialmente racional de Summer por um tempo, até que a cápsula de vírus-c a atingiu em cheio na parte posterior do capacete, espalhando-se pelos módulos de comunicação. Pouco antes de ser completamente envolvida e depositada a um metro da lama da margem para levar bicadas das poucas gaivotas ali, Summer juraria que ouviu uma vozinha dizendo: "Missão completa, T-Star. P-Tone, adeus".

Completando a história, o casal de noivos se tornou uma celebridade relâmpago quando gravaram toda a tentativa de ataque até retirarem Summer da lama. Ouviram a noiva dizer: "Este é o melhor casamento de todos os tempos. Superou os meus sonhos mais loucos." E o noivo, mais tarde, acabaria vencendo o *Masterchef das Celebridades*.

Tony voou até a claraboia da fábrica e circulou o prédio com tanta velocidade que nenhum sistema de reconhecimento de alvo conseguiria detectá-lo. Ele não precisava ter recorrido a esse voo elaborado, porque o Mandarim o aguardava acomodado num sofá de veludo roxo absolutamente destoando daquele lugar, bem no meio do salão principal, parecendo bem pouco preocupado com o drama causado. Saoirse sentava-se ao lado dele, no rosto, um ar de irritação e terror, na verdade, uma expressão híbrida visível apenas nos adolescentes. Entre ambos estava o capacete do Pacote de Festa, com uma expressão apenas levemente menos enfastiada que a do Mandarim.

Um comportamento bem confuso da parte do Mandarim. Por certo, ele estaria executando movimentos de dança de discoteca, ou, pelo menos, segurando Saoirse pelo pescoço, ameaçando matá-la caso Tony se aproximasse. O bilionário passou um escâner de imagem térmico, mas não conseguiu penetrar no bloqueio do Mandarim. Não havia outras ameaças visíveis, o que quase certamente significava que ameaças se escondiam em algum lugar.

Tony desacelerou e aterrissou a três metros do homem que assassinara sua amiga. Ele sabia que, se não fosse por Saoirse, simplesmente pularia no terrorista para esganá-lo. No entanto, o respeito pelos métodos sorrateiros do homem o deteve. Portanto, simplesmente ficou ali, fumegando, à espera do monólogo do Mandarim. Não esperou muito tempo.

– Obrigado, senhor Stark, pelo seu respeito – disse o Mandarim, batendo os malditos anéis uns nos outros como se fosse algum tipo de brinquedo executivo letal.

– *Respeito*? – repetiu Tony. – Acha mesmo que eu o respeito?

– Você respeita o meu intelecto e as minhas habilidades. Se assim não fosse, já teria tentado me matar.

– Respeito Saoirse e o intelecto *dela*. E aposto a sua vida imprestável de assassino como aprontou algum tipo de armadilha em que ela leva a pior se eu fizer alguma coisa. Acertei?

– Está no caminho certo – admitiu o Mandarim. – Desejo terminar o nosso combate da ilha. Mas não assim. Não enquanto estiver usando o traje.

– Corpo a corpo, certo?

– Precisamente.

– E por que eu faria isso?

O Mandarim deu umas batidinhas na lateral da cabeça de Saoirse, o gesto que mais irrita um adolescente além de lhe dizer que *se acalme*.

– Conte-lhe, criança – disse o homem. – Conte ao senhor Tony Stark por que ele precisa me enfrentar.

Saoirse levantou o queixo, e Tony viu então que o que quer o Mandarim houvesse feito a ela, a jovem oferecera resistência. Seu rosto estava arranhado, os dois olhos inchados e faltava-lhe um dente da frente.

– O grande senhor Mandarim me prendeu ao seu anel idiota – ela explicou em tom hostil, mostrando o dedo. Mas implícito na hostilidade havia desespero. – Ele tem algum tipo de mecanismo de contenção.

Tony flexionou e uma dúzia de mísseis inteligentes brotou de seus ombros.

– Uma reação interessante – comentou o Mandarim. – Você planeja queimar o anel. Infelizmente, se assim o fizer, matará a usuária também. Duvido que seus mísseis sejam tão inteligentes que atinjam apenas este único anel.

– Diga o que há dentro dele! – Tony exigiu saber.

– Uma carga codificada com a minha biometria. Se eu morrer, ela morre. E também um alerta de proximidade, e um cronômetro. A menina tem cerca de cinco minutos de vida, bem menos se ela tentar fugir. Os meus bloqueadores de sinal não afetam a minha própria tecnologia.

– Cinco minutos? – repetiu Tony. – Se você queria este confronto, então por que enviou os caras com os propulsores?

– Eu tinha esperanças de que você lançasse as suas famosas cápsulas de vírus-c. E fez isso. Estou muito contente por nós, titãs, podermos conversar, Tony Stark. Mas a menina só dispõe de trezentos segundos.

– Acabe com ele, Stark – Saoirse disse num desafio. – Acabe com ele de uma vez e depois vá salvar a minha irmã em Fourni.

– Essa é uma opção – concordou o Mandarim. – Vingue-se de mim e deixe a menina morrer. Ou...

– Ou lutamos? Correto?

– Sim. Saia do traje e venha lutar comigo. Assim que o despachar, desativarei o anel.

Tony sentiu que precisava perguntar:

– E se eu vencer?

– Se você conseguir minha rendição, então também desativarei o anel. Dou a minha palavra. E, por favor, Tony Stark, não tente desabilitar os meus anéis. São codificados com a minha biometria, numa rede mais firme do que o punho do próprio Deus.

– Então continuará com seus maravilhosos anéis? Uma luta injusta.

– Claro que não. Lutaremos como os meus ancestrais. Com punhos e com fúria. E isso significa que você também tirará o seu anel de formatura.

Tony removeu a manopla e puxou o anel do dedo, o sangue fervendo. Aquela pessoa odiosa era exasperadora. Parecia quase inacreditável que o homem que alegava ter matado Anna estivesse ali, e Tony não poderia esmurrar repetidamente aquele rosto arrogante, limitando-se a contemplar a ideia de entrar numa luta desleal em que provavelmente seria surrado até a morte.

Mas que escolha tinha?

Devia haver uma saída. Não conseguia pensar. Não havia tempo.

– Tique-taque – disse o Mandarim melodramaticamente. Em seguida, parecendo convencido da decisão de Tony, ficou de pé e tirou o manto, o tronco musculoso com a tatuagem de dragão à mostra.

– Bela tatuagem – comentou Tony. – Da prisão? – perguntou, sem a jocosidade costumeira, possivelmente porque fora lançada para aquele homem em particular e naquela hora em particular.

O Mandarim balançou o dedo como o pêndulo de um metrônomo. Uma mensagem clara: os cinco minutos logo se reduziriam a quatro.

– Está bem, está bem – disse Tony, saindo da armadura, que se retraiu como um telescópio invertido para fora dos membros dele quando se moveu. O Mandarim retirou os nove anéis restantes e formou uma cuidadosa torre sobre o braço do sofá.

– Terei prazer nesta luta, Stark. Sem truques agora. Apenas dois homens destinados a travar uma guerra um contra o outro.

Sem truques, pensou Tony. *Duvido muito.*

Na verdade, bem que ele poderia se valer de alguns truques no momento. Apesar de ter sido remendado bastante bem na enfermaria do *Tanngrisnir*, os membros inferiores ainda estavam meio tortos, e o ombro, onde o Mandarim o ferira no último confronto, parecia um bife mal passado.

Não estou exatamente no meu auge.

O Mandarim gesticulou para o material transparente envolvendo as pernas de Tony.

– Pensei que as suas pernas estivessem fraturadas.

– Estavam. Mas não se preocupe, ainda consigo chutar você, amigão.

O Mandarim terminou seu aquecimento corporal.

– Tornozeleiras ortopédicas?

– Isso – Tony mentiu. – Podemos começar? Tique-taque, lembra?

– Mas claro, senhor Tony Stark – respondeu o Mandarim. – Antes de começarmos, apenas se lembre de que eu assassinei a sua amante.

Tony, um sujeito racional e descontraído, transformou-se num gorila enraivecido diante desse comentário, e lançou-se para cima do Mandarim, esquecendo-se de todas as lições que Rhodey já lhe ensinara, sobretudo da principal: fora do traje, ele era um cara como outro qualquer.

O Mandarim deu um passo para o lado com uma facilidade absurda e acertou o plexo solar de Tony com um dedo enquanto ele passava. A dor aguda trouxe Tony de volta à razão, mas provavelmente tarde demais, porque, diferente do que os filmes nos ensinam, no combate mano a mano um bom golpe costuma definir o resultado. O Mandarim girou sobre os dedos dos pés e perseguiu Tony, desferindo diversos golpes no ombro ferido. Sem gracejo, sem discussão. O Mandarim, absolutamente concentrado, não permitiria à presa que escapasse uma vez mais. A cada golpe, Tony se curvava mais, até se apoiar ofegante no joelho, o sangue fluindo pelo ferimento no ombro.

Anna, ele pensou. *Decepcionei você.*

Por um momento insano, pareceu ter visto o rosto de Anna no chão empoeirado da fábrica, e, embora soubesse que a imagem fora produzida por confusão mental, recuperou forças para continuar lutando.

O Mandarim cruzou as mãos e as ergueu acima da cabeça para o golpe final na nuca exposta do oponente, quando Tony fez algo possível apenas na superfície lunar: saltou uns três metros na vertical e girou no ar, voltando a perna direita num chute que acertou direto os dentes do Mandarim. Na verdade, o golpe doeu em Tony quase o tanto que doeu no Mandarim, mas o bilionário teve a satisfação de vislumbrar a dor no rosto do inimigo mortal.

Os dentes fortes do Mandarim se afundaram no material que envolvia as pernas de Tony, e o gás penetrou na boca do sujeito. Stark de imediato perdeu altitude, e os dois homens caíram num amontoado. O Mandarim cuspiu plástico e rastejou na tentativa de se afastar.

– Não são tornozeleiras comuns – o sujeito disse, e Saoirse gargalhou diante daquela voz aguda como o som emitido por um esquilo.

– *Não são tornozeleiras comuns* – ela guinchou. – Eu diria que havia gás hélio lá dentro.

Razão pela qual Tony conseguiu pular tão alto.

Tony usou a outra perna para se lançar pelo piso da fábrica e atacar o Mandarim.

– E agora – disse ele, agarrando o terrorista pelo pescoço – você vai soltar a garota.

O Mandarim silenciou, e Tony socou o rosto arrogante talvez meia dúzia de vezes, cada soco irradiando ondas de choque pelas pernas fraturadas.

– Liberte-a! – exclamou. – Acabou!

No entanto, o Mandarim declarou:

– Nada acabou, Tony Stark! – Palavras que soariam ameaçadoras não fosse pelo efeito do gás hélio.

E então, o Mandarim estendeu os braços e afastou os dedos, como se isso fosse de alguma forma ajudá-lo, alguém poderia pensar, mas, no braço do sofá, a torre de anéis estremeceu e oscilou.

– Não! – exclamou Saoirse. – Chefe, cuidado!

Um a um os anéis se ergueram no ar, num movimento circular antes de se encaixarem perfeitamente nos dedos do Mandarim.

– Codificados para a minha biometria – disse ele, a voz num tom normal. – Agora sim chegamos ao fim. – O anel no polegar do Mandarim brilhou e do cristal emanou uma luz branca que se espalhou pela mão direita do terrorista, criando o efeito de uma luva de poder. – Está vendo? Eu também tenho uma manopla – disse ele, erguendo a mão armada para atingir a têmpora de Tony.

Um resultado sem dúvida arrasador. Tony foi lançado para o outro lado do ambiente, chocando-se contra um velho armário e depois direto contra a parede. Poeira e o material das pernas despencaram sobre ele quando caiu no chão, os ouvidos sangrando. Ficou evidente que a força do Mandarim fora consideravelmente amplificada pela misteriosa luz branca, e, mesmo se por um milagre Tony se reerguesse, não sobreviveria a um segundo golpe.

– E agora, Tony Stark – declarou o Mandarim –, você lutou desonestamente, e é assim que morrerá. Saiba que não tenho intenção de libertar a garota. Portanto, morra com pleno conhecimento de ter fracassado em vingar a sua amada e resgatar uma donzela em apuros.

Tony conseguiu rolar e ficar de costas, e o esforço lançou descargas agudas de dor pelo seu peito.

O Mandarim pairou acima dele, mostrando o punho fortalecido.

– Gosta da minha nova tecnologia? Talvez fique mais furioso ao saber que Anna Wei desenvolveu o anel da luz branca.

Tony tossiu, os pulmões parecendo soltos dentro do peito.

– Solte a garota, Mandarim – disse. – Demonstre um pouco de humanidade.

O sorriso do Mandarim revelou dentes ensanguentados.

– A questão, senhor Tony Stark, é que desprezo a humanidade.

E sua mão abaixou. Mas, antes que atingisse o peito de Tony, o homem foi empurrado levemente para o lado quando Saoirse lhe acertou uma cabeçada no diafragma, atitude que não surtiria efeito caso não usasse o capacete do Pacote de Festa do Homem de Ferro. Ainda assim, o impacto foi mínimo, e o Mandarim simplesmente estendeu a mão livre e a plantou no topo do capacete.

– Já basta, criança – grunhiu ele para deslocar a garota quando ela envolveu a cintura dele com as mãos. – O seu tempo está se esgotando.

Saoirse se segurou por uns bons dez segundos antes que o Mandarim interviesse com o ombro na situação, empurrando-a ao longo da sala. Tony observou a garota rolar na sujeira e pensou que preferiria passar seus últimos instantes olhando para Saoirse em vez de olhar para o Mandarim. Era quase insuportável que o assassino de Anna estivesse prestes a matar ambos, ele e a menina irlandesa.

Saoirse capotou na poeira e ergueu o visor do Homem de Ferro. No rosto deveria haver desânimo, mas, em vez disso, a expressão revelada era de determinação e vitória. Encarando Tony nos olhos, ela tirou o anel do Mandarim com muita deliberação.

– Ei, Mandy – ela o chamou, jogando o anel para ele. – Pegue.

Seria necessário que uma pessoa fosse forte e estivesse concentrada para resistir a um grito de *pegue*, e o Mandarim não estava tão concentrado. Portanto, instintivamente apanhou o anel brilhante no ar.

Ele olhou para o anel na mão, sem entender o que estava acontecendo.

– Meu anel. Meu.

– Isso mesmo. Seu anel.

– Mas... – titubeou o Mandarim. – Mas...

Tony terminou a frase.

– Mas como?

Como Saoirse conseguira tirar o anel?

A garota fez uma careta de obviedade e apontou para o capacete do Pacote de Festa. E Tony, um gênio, logo entendeu.

Quando o Mandarim colocou a mão sobre o capacete, Saoirse fez um download da biometria dele e sincronizou com os anéis. Ela os controla agora.

Cerca de meio segundo depois, o Mandarim, compreendendo a situação, largou o anel explosivo como se fosse uma brasa ardente. Olhou temeroso para os outros anéis, mas não conseguiria fazer nada sem soltar o peito de Tony.

– Não! – exclamou ele. – Impossível.

Então, um dos anéis se ativou e lançou uma descarga elétrica pelo corpo do terrorista. E dele para o de Tony.

– Friday! – gritou Tony quando o maxilar afrouxou. – O que está fazendo?

– Não sei muito bem – admitiu Saoirse. – Ativei todos eles.

Uma notícia boa porque Tony estava vivo para ouvi-la, mas péssima considerando-se que um dos anéis era explosivo, pelo menos um.

O Mandarim confirmou a preocupação de Tony.

– O que você fez, garota? Há um raio de impacto no anel do dedo indicador.

Incrível como três palavras são capazes de motivar até a mais exausta das pessoas, e as palavras *raio de impacto* andavam de mãos dadas com *cuidado, tubarão!* para fazer uma pessoa se levantar e se mexer. Tony se retorceu até conseguir se libertar do Mandarim. Depois, agarrou a mão do inimigo.

– Deixe-me ajudá-lo – disse ele, tentando endireitar o indicador do Mandarim. – Um raio de impacto vai atingi-lo como TNT.

O Mandarim atacou, cortando o ar com uma lâmina de gelo saída da mão esquerda.

– Nunca, Stark. Jamais me renderei a você.

Saoirse puxou Tony, afastando-o da lâmina de gelo.

– Venha – disse ela. – Precisamos...

– Sair rapidamente – Tony completou. – E conheço um homem que sabe voar. O Homem de Ferro.

Saoirse agarrou o cotovelo de Tony e o arrastou.

– Rápido, chefe. Vista o traje.

A roupa estava de pé onde Tony a deixara, com uma imensa abertura como se um alien tivesse irrompido pelo peito.

– Protocolo treze! – ele exclamou. – Revestir.

O traje voltou à vida usando as catorze câmeras para localizar Tony Stark, e pareceu ajustar-se nele como uma armadura perfeita. Num encaixe, científica e precisa, em momentos se tornara a segunda pele do inventor bilionário.

– Suba – ele disse para Saoirse. – Há umas alças na parte de cima das costas.

Mas Saoirse já estava ali. Conhecia o sistema do Homem de Ferro de trás para frente e, quando Tony terminou de dar a ordem, ela já se segurava, pronta para partir.

– Voe, chefe! – exclamou. – Voe!

Tony nem precisou ouvir duas vezes, embora ela tivesse falado duas vezes, e disparou para o alto rumo ao telhado furado.

– Segure firme – ele disse ao pilotar o traje até uma distância segura acima da fábrica de peixes. Numa última visão, antes que uma explosão ardente tomasse conta de todos os cantos da fábrica, enxergou o Mandarim pelo monitor da câmera de trás do traje. O homem arrancava os anéis restantes e os jogava para longe. Talvez num engano provocado pela escuridão, pareceu a Tony que o Mandarim, olhando para a câmera no alto, gritasse: "Até breve, Tony Stark!".

Mais tarde, ele utilizaria o programa de leitura labial para analisar a imagem.

Depois, a explosão sacudiu até as fundações da fábrica, Saoirse gritou e Tony esqueceu por completo as últimas palavras do Mandarim – se é que *foram* as últimas.

A destruição do *Tanngrisnir*

Diavolo Conroy ainda continuava deitado na ponte de comando do *Tanngrisnir* quando o Homem de Ferro desceu lentamente pelo buraco criado por Freddie Leveque.

Tony Stark ergueu a placa facial e não conseguiu esconder a surpresa ao compreender o nível de devastação.

– Nem um arranhão, Conroy. Eu disse isso, não é?

Conroy não se deu ao trabalho de se levantar. Na verdade, nem sequer tinha forças para abrir os olhos.

– Hum, eu me lembro de algo parecido com isso, mas a situação saiu do controle.

Tony notou Leveque.

– Você acabou com o Leveque. Como diabos conseguiu?

– Eu tinha um bastão – respondeu Diavolo.

– Um bastão?

– E também uma bola. Não só o bastão.

– Bem, agora está explicado.

– Aposto que eram de hurley – disse uma garota com um leve ceceio.

Conroy abriu os olhos e ficou de pé para ver uma adolescente nas costas do Homem de Ferro. O rosto da menina estava sujo de fuligem, e os cabelos pareciam ter passado por uma descarga elétrica. Ainda havia hematomas bem feios ao redor dos olhos, e parecia que lhe faltava um dente da frente.

– Imagino que você seja Saoirse. Que bom vê-la sã e salva.

– Graças a mim – disse Tony. – Os devidos créditos a quem os merece.

– Créditos? – repetiu Diavolo. – A pobre criança está em pior estado que este barco. E ainda a fez voar grudada em você?

– Em minha defesa, há duas alças ali atrás – explicou Tony.

– Eu ficaria surpreso se os pais dela não o processarem, Stark. Assim que a ONU terminar o assunto deles com você.

– Felizmente para mim, Saoirse não tem pais – disse Tony. – Ah, espera... Que coisa mais insensível da minha parte, não é?

Saoirse deu um tapa na placa do ombro.

– Sim, chefe. Muito.

Conroy pegou o celular para chamar um médico, mas percebeu que estava queimado, assim como todo o resto dos instrumentos da embarcação.

– Imagino que precisaremos encontrar um médico pelo método antigo – disse ele, atirando o aparelho sobre uma pilha de eletrônicos dos quais saía fumaça. Conroy ajudou Saoirse a descer do traje do Homem de Ferro e apontou para a boca dela. – Você ainda tem o dente?

Saoirse fez uma careta.

– Acabei engolindo.

– Imagino que você tenha uma máquina que fixe um dente, não é, Tony boy?

– Se eu tinha, é lixo agora, junto com o restante do meu equipamento.

– Shiv, a minha esposa, vai pensar em alguma solução – Conroy garantiu a Saoirse.

Stark fez uma careta.

– *Shiv*. Você sabe que o nome da sua esposa é gíria para...

– Sei. Uma faca escondida.

– Espere um minuto – disse Saoirse. – Por que a sua esposa se envolveria nessa questão?

– Porque, até onde sei, você é uma menor sem tutores. Por isso vai ficar no nosso quarto de hóspedes hoje à noite. E você – virou-se para Tony – vai dormir no sofá. Tenho perguntas para os dois.

– Ah, pare com isso, Diavolo – disse Tony. – Tive uma noite difícil salvando o meio ambiente e coisa e tal. Preciso de acomodações cinco estrelas.

– Para você eu sou o *inspetor Conroy* – afirmou Diavolo. – E o nosso sofá é cinco estrelas. Servirei chá e torradas para você se gostar das respostas às minhas perguntas.

Stark fez sinal de positivo.

– Eu poderia simplesmente sair voando. Estaria fora dos limites da cidade antes mesmo de você dar o alerta.

Conroy o encarou direto nos olhos.

– Com certeza poderia, Tony, mas eu o desprezaria por isso.

Saoirse gargalhou.

– Gostei desse cara, chefe. Ele conhece os seus pontos fracos.

– Muita coisa tem acontecido por aqui – disse Tony. – Apesar de estar em uma armadura, me sinto um tanto desprotegido.

Os três conversavam amigavelmente, um pouco aliviados por terem impedido uma tragédia inenarrável. Mas a situação poderia ter acabado de outro modo se Spin Zhuk não observasse a cena comovente através da vigia a estibordo, pensando: *Todos eles convencidos demais. A máscara de Stark está levantada, e eu o tenho na mira.*

E ela dispararia mesmo o tiro porque, por mais que o Mandarim fosse um mestre cruel, Spin Zhuk era uma soldada leal. Apenas presumia que o Homem de Ferro matara o Mandarim, e por isso devia pagar pelo crime.

Entretanto, seu comunicador vibrou no bolso, num padrão de vibração bem significativo: SOS, um pedido de ajuda.

O mestre está vivo, ela deduziu. Mas o envio de um sinal de SOS significava que estava machucado, precisando dela imediatamente.

Vou seguir o localizador do meu comunicador, Spin decidiu, e seria prudente agir sem agentes de segurança em seu rastro.

– Fica para a próxima, Homem de Ferro – sussurrou. – Fica para a próxima.

Por enquanto, Spin Zhuk se sentia satisfeita em poder caminhar pelo país até a rodoviária Busáras, de Dublin, em cujo armário 42 guardara uma bolsa com equipamento completo.

Ao pôr do sol daquela tarde, Spin Zhuk estava na balsa para Holyhead, assistindo ao noticiário da sua missão fracassada no Sky News.

EPÍLOGO

Durante séculos, a minúscula ilha de Fourni fora considerada uma passagem para a África Ocidental. Aninhado no Golfo da Guiné equatorial, o país era agraciado pelas brisas noturnas frescas do Atlântico, mas poupado do excessivo calor do Saara. No passado de colônia francesa, Fourni conquistara a independência em 1956, evitando as tão comuns desgraças do continente africano – ditaduras, corrupção política e golpes militares –, em grande parte por causa da força dos seus povos antigos e da sua economia. Na década anterior, contudo, assim como em parte do planeta, Fourni enfrentara dificuldades. Ao impacto geral da depressão mundial no seu mercado de exportação se acrescentou a confusão do presidente já ancião e o influxo de refugiados dos países vizinhos. A capital, Port Verdé, foi a mais atingida, e muitos dos cidadãos mais abastados fugiram na calada da noite, temendo o confisco dos bens caso esperassem até o colapso total.

Nos dezoito meses anteriores, o Partido Democrata Nacional assumira o poder, com o carismático Adama Demel na presidência, e deram-se passos largos para restaurar Fourni ao seu lugar de direito como centro mundial de comércio, das artes e da liberdade. Mas o país ainda tinha um longo caminho a percorrer, e era alto o clima de tensão com as nações vizinhas; portanto, aquele definitivamente não era o momento de um símbolo de algum superpoder enfiar o nariz onde não era chamado. Por essa razão, o Homem de Ferro recusara o pedido de Saoirse, mas naquele instante ele via a situação por uma ótica diferente, o que o levara a visitar Adama Demel antes de agir no que fora o Lar das Meninas de Port Verdé.

O presidente de Fourni, que ocupava dois pequenos cômodos no imenso palácio presidencial e entregara os restantes aos pobres, acordou no meio da noite encontrando o Homem de Ferro americano parado diante dos pés da cama.

O Homem de Ferro falou num francês sem sotaque, mas absolutamente errado:

– Não se alarme. Não vim aqui para colocá-lo em perigo.

Demel estendeu a mão para o criado-mudo em busca dos óculos; queria se certificar de que estava vendo o que achava que estava vendo. Confirmado isso, disse em inglês:

– Melhor em inglês, não concorda, senhor Stark? O seu tradutor precisa de alguns ajustes.

Tony abriu a viseira.

– Agradeço a observação, senhor presidente. Isso nos poupará de muitas confusões.

Demel acendeu o abajur e se sentou calmamente na cama. Ocorreu-lhe que, se aquela figura de armadura quisesse explodir o prédio inteiro, não teria lhe mostrado a cara.

– E o que posso fazer pelo famoso Homem de Ferro? – ele perguntou.

Tony ordenou ao traje que se sentasse em pleno ar, porque, caso se sentasse na cadeira de vime, ela acabaria virando um monte de gravetos.

– Preciso de um visto – ele disse. – E pensei que, caso lhe explicasse a situação diretamente, seríamos poupados de meses de desentendimentos e de histeria midiática.

Adama Demel sorriu.

– Na verdade, já está no país, senhor Stark. Mas, se eu ignorar essa tecnicalidade, então o visto seria por quanto tempo?

– Talvez dez minutos. Meia hora no máximo.

– E com que propósito?

Tony contou a história toda: como Liz Tory viera até ali com a Cruz Vermelha e ajudara a construir o Lar das Meninas de Port Verdé e como a mantinham prisioneira.

– Então, pensei em aparecer por lá e levar a garota em segurança. Em troca, as Indústrias Stark se comprometeriam a...

O olhar de Demel endureceu e ele ergueu a mão.

– Não, senhor Stark. O meu país não aceitará nada em troca da segurança de uma garota. Aqui em Fourni estivemos construindo templos e escrevendo filosofia enquanto os gregos apenas rabiscavam na lama. A nossa maior filósofa, Mãe Abba, certo dia disse: "Toda filha é mãe da terra".

– Maneiro – disse Tony, o que soou lastimável mesmo para ele, mas Demel aprovou.

– Sim, maneiro de fato. Muito maneiro mesmo. Agora vá, senhor Stark. Recupere essa garota da Irlanda. Serei generoso. O senhor dispõe de uma hora se prometer que nem uma alma sequer será ferida.

– Você tem a minha palavra – disse Tony.

– Excelente; então, se me entende, esta situação jamais aconteceu a menos que precise ter acontecido.

– Acho que entendo – retrucou Tony, fechando a viseira.

– Então voe, senhor Stark. Tenho uma reunião com o embaixador inglês ao amanhecer e preciso das minhas oito horas de sono.

Tony partiu antes que a cabeça de Demel encontrasse o travesseiro.

– Maneiro? – Saoirse disse ao ouvido de Tony. – Não consigo acreditar que o presidente falou de Mãe Abba e você tenha dito *maneiro*.

Tony voava baixo e rápido pelas ruas curvas e em ruínas de Port Verdé, com o Oceano Atlântico brilhando à luz do luar a seu bombordo.

– Mãe Abba? Não foi ela quem fez "Dancing Queen"?

– Pare de abrir a boca, chefe – disse Saoirse. – Ela o está desapontando.

No monitor de alerta de Tony, o lar das meninas pulsava de leve a menos de seis quilômetros a sudeste da periferia da cidade.

– Estou nisto por você, Saoirse – ele lembrou à menina que, uma vez mais, operava a IA de Tony a bordo, apenas para tal missão. – Seja educada comigo.

– Você está subornando a sua consciência. E *tentou* subornar o presidente Demel. Que festival de saia justa. Eu lhe disse que não daria certo.

– Deu certo com muitos presidentes antes de hoje – defendeu-se Tony, embora admitisse para si mesmo que a expressão carregada de Demel o fizera sentir-se um tanto sórdido.

– Aproximando-se do orfanato agora – comunicou Saoirse, de repente séria. – Ajustando altura para cinquenta metros e reduzindo os repulsores. Quer ir no estilo pinguim?

– Hoje não – respondeu Tony. – Vou fazer uma varredura. É muito mais dramático. Passe-me o controle manual.

– Controle manual. Entendido, se você tem certeza.

– Tenho certeza – confirmou Tony. – Poderia esquadrinhar a área? Apenas se certifique de que não haja nenhum terrorista escondido debaixo de uma lona, nem nada assim.

Saoirse grunhiu.

– Uau. Já tocou no assunto dez vezes neste trajeto. Quando vai deixar pra lá?

– Nunca – disse Tony. – Nunca, jamais, pode esquecer. Isso é chantagem valendo ouro.

– Leitura térmica completa – Saoirse disse rangendo os dentes. – Temos três dúzias de humanoides. Diversas adagas e um rifle de assalto AK-47. Nada de balas nem de pinos de disparo.

– É assim que eu gosto dos fuzis de assalto – afirmou Tony. – Entrando. Prepare-se para se mostrar delirantemente feliz e em débito emocional comigo para o resto da sua vida.

– Obrigada, chefe – Saoirse agradeceu com sinceridade.

A situação não se desenrolou exatamente conforme o planejado. A parte "surpresa e admiração" até que foi bastante bem, mas em seguida tudo virou para uma direção totalmente inesperada.

Tony se precipitou para baixo, as luzes brilhando e os repulsores rugindo, e aterrissou num pequeno pátio atrás do prédio, os pássaros locais disparando assustados e erguendo espirais de poeira no ar. O efeito da chegada foi imediato: garotos saíram por portas e janelas da modesta construção, armados com tacos e facas. Com o destemor costumeiro dos jovens, atacaram o Homem de Ferro com golpes ressonantes na armadura.

– Parem com isso, garotos – Tony disse pelos alto-falantes. – Parecem formigas atacando um rinoceronte. Sério, parem com isso, estão passando vergonha.

Tony imaginou ter dito tais palavras, mas portando o tradutor falho, disse de fato: "Maravilhoso, rinocerontes. É sério que as formigas estão chegando".

E então, os garotos recuaram e se perguntaram se talvez não estivessem sendo atacados pelo primo burro do Homem de Ferro.

– Acho que você não disse o que pensa ter dito – comentou Saoirse. – Esse tradutor é terrível. Tente experimentar o meu aplicativo.

– Terrível no sentido de excelente? – Tony perguntou esperançosamente.

– Não, no sentido de *terrível* mesmo. Nisso temos que concordar.

– Não importa. As palavras nada significam para essa meninada. Por pior que pareça, preciso assustar o líder deles. Vejamos, quem você acha que é?

Do seu novo quarto na casa dos Conroy, em Dublin, Saoirse passou pelas câmeras do Homem de Ferro.

– Acho que aquele que está apontando a AK-47 para você.

Tony o avistou.

– Sem balas, confere?

– Isso mesmo.

– Ok. Vamos dar ao cara um vislumbre do inferno.

– Você é uma rainha do drama, chefe.

Tony ajustou as luzes dos globos oculares para vermelho e acrescentou alguns filtros à voz até que soasse como um cruzamento de leão com orc. Em seguida, avançou para o garoto armado, falando rapidamente.

Embora os garotos não conseguissem compreender as palavras separadamente com todo o eco e a modificação, Tony na verdade cantava "Dancing Queen", do Abba, porque a música estava na cabeça dele. Somente Saoirse ouviu a versão sem filtro.

– Sério? – ela perguntou. – Estou tentando trabalhar aqui, sabia?

– *Friday night and the lights are low* – rosnou Tony. – *Looking out for a place to go.*[7]

À medida que cantava, o Homem de Ferro avançava rapidamente para o líder da gangue, que parecia encolher conforme Tony se aproximava.

– Eu atiro! – exclamou o garoto, sacudindo o rifle que mal conseguia erguer. – Eu atiro.

O Homem de Ferro rugiu raivoso (*"You are the dancing queen, young and sweet, only seventeen"*[8]) e esmagou o cano da AK com os dedos da manopla. Depois, só por garantia,

---

7 "Noite de sexta-feira e as luzes estão fracas/Procurando um lugar aonde ir". (N.T.)

8 "Você é a Rainha da Dança/Jovem e doce, apenas dezessete anos." (N.T.)

acionou um disparo do repulsor da palma na terra, o qual passou rente aos pés descalços do garoto. Ele não se feriu, a menos que se contassem pelos da perna chamuscados, mas o ar desafiador desapareceu do rosto dele.

– Lá está a Liz – disse Saoirse no ouvido de Tony. – Pegue-a e vá embora.

– Só um segundo – retrucou Tony. – Só vou voar com este cara e fingir que o largo de trezentos metros.

– O que acha que está fazendo? – perguntou uma voz estridente muito semelhante à de Saoirse, ainda que mais autoritária, se isso fosse mesmo possível.

Tony olhou por cima do ombro do garoto aterrorizado e viu uma versão mais alta de Saoirse, os cabelos ruivos penteados para trás num coque austero, vestida mais ou menos como os outros, com camiseta e calças em tons terrosos.

– Liz? – ele perguntou, desligando o tradutor. – Liz Tory. Finalmente. Segure as alças nas minhas costas. Vamos embora daqui. Ainda não precisa me agradecer.

Se Tony esperava um choro todo agradecido, então ficou mais que desapontado. Era praticamente impossível, mas Liz parecia mais furiosa do que seus sequestradores.

– Eu lhe pergunto, em nome do que há de mais sagrado, o que você acha que está fazendo? O pobre menino está aterrorizado.

Tony deu uns tapinhas na cabeça do moleque.

– Acho que quer dizer que este pobre *sequestrador* está aterrorizado.

– Sequestrador? – Liz perguntou incrédula. – Ahmed um sequestrador? Quem lhe disse isso?

Saoirse sussurrou no ouvido de Tony:

– Ela está furiosa de verdade. Você pode ter cometido um erro.

– *Eu?!* – Tony exclamou. – *Eu* posso ter cometido um erro?

– Saoirse está aí? – Liz perguntou. – Essa coisa toda tem o estilo precipitado dela. Mandar um capanga mecânico até aqui.

– Ei – reclamou Tony. – O Homem de Ferro também tem sentimentos. Não sou um capanga.

– Apenas pegue-a de uma vez – disse Saoirse. – Explicaremos mais tarde.

Tony avançou um passo, mas Liz ergueu o punho.

– Não toque em mim, Homem de Ferro. Deixe-nos em paz. Estamos muito bem sem você.

Muito bem?, Tony pensou. *Essas palavras não se parecem em nada com o balbuciar assustado de uma vítima de sequestro. E entendo bem isso, pois tive meu momento de balbuciar assustado.*

Tony resolveu prestar atenção ao redor, que não se parecia com o esconderijo de uma pequena gangue desesperada. O jardim bem cuidado, as paredes interiores pintadas recentemente. Havia até mesmo um mural com crianças felizes de mãos dadas.

– Ok, Saoirse – ele disse. – Estou achando que vocês duas precisam conversar cara a cara.

Antes que Saoirse se opusesse, ele projetou a imagem da câmera dela no muro perimetral. E a menina, antes a mais durona do universo, na mesma hora veio às lágrimas.

– Liz! Você está bem. Você está viva. É tão bom te ver.

Liz também deixou de lado a pose das Tory.

– Você também, maninha. Como está o vovô?

Ouvindo a pergunta, Saoirse desatou a chorar.

– Ele se foi, Liz. Há mais de um ano. Enquanto dormia. Ele me fez prometer que ia tirar você daí.

Tony se sentou no chão, comportamento imitado por três dúzias de crianças, que assistiram à chamada de vídeo como se fosse um filme.

– Ah, não – disse Liz. – Pobre vovô. E coitadinha de você, que está sozinha agora. – Depois franziu a testa. – *Me tirar daqui*? O que isso significa? O meu trabalho é aqui.

– Está tudo bem, Liz – comentou Saoirse, enxugando as lágrimas. – Não estou sozinha. Tenho o Diavolo e a Shiv. E o capanga também é meu. Não precisa mais ter medo desses garotos.

Liz deu uma bufada.

– Medo deles? Eles têm é que ter medo de *mim*, se não fizerem suas tarefas.

– Mas eles sequestraram você, certo? Expulsaram as meninas?

– Não. Eles *protegem* as meninas. Todos nos protegemos mutuamente.

– Mas o diretor do orfanato disse que o lar havia sido dominado por uma gangue de rua e que eles a mantinham como refém.

– Rá! – exclamou Liz. – O diretor? Serge? Aquela fraude mentirosa estava roubando todo o dinheiro que você mandava. A equipe inteira participava do esquema. E, pior, forçavam as meninas a trabalharem numa fábrica local em condições péssimas. Por isso, encenamos um golpe e trouxemos os irmãos das órfãs para cá. Agora cuidamos uns dos outros, e sou a responsável por eles.

– Mas e a ajuda humanitária?

– Serge ainda está mentindo e pegando o dinheiro. Em Port Verdé não existe internet, mal temos eletricidade na maior parte dos dias, por isso não pude mandar notícias.

Enviei cartas, mas Serge quase com certeza as interceptou. Aquele cara suborna todo mundo.

Saoirse persistiu com o mesmo pedido:

– Você tem que voltar pra casa, Liz.

– Esta é a minha casa agora – afirmou Liz Tory. – Estas crianças precisam de mim.

– Você também é praticamente uma criança.

– Tenho vinte anos, o que aqui consideram meia-idade. Só preciso de mais um ano; vamos combinar isso, está bem? O presidente Demel está fazendo grandes avanços. Ahmed e eu conseguiremos segurar as pontas deste lugar por mais um ano com a sua ajuda.

– Tenho enviado os fundos angariados pelo aplicativo – disse Saoirse. – Todos os meses. O diretor disse que os sequestradores a matariam se eu não os enviasse.

Liz gritou de raiva:

– Saoirse! Você é tão ingênua.

– Eu já disse isso a ela – interveio Tony. – Mas continua caindo em toda história triste.

– O diretor fica com o dinheiro todo – Liz explicou. – O orfanato não vê um centavo sequer. Precisamos de suprimentos médicos e dinheiro em pequenos pacotes.

– O senhor Stark faria isso – disse a cabeçona de Saoirse na parede. – Ele me deve uma. Vou revolucionar a empresa dele.

– Claro – concordou Tony. – Devo a Saoirse por conta de todos os favores que ela me fez. Estou tão afundado em dívidas que nem chega a ser engraçado.

– Preciso de pacotes pequenos – Liz repetiu, ignorando o evidente sarcasmo. – Se esse sujeito de lata for avistado por aqui, irão descobrir tudo. Serge enviará homens para investigar. Por enquanto, Serge precisa acreditar que ninguém sabe da trama dele e que o dinheiro está garantido.

– *Sujeito de lata?* – Tony repetiu. – Quanta injustiça! Este traje é elegante e de tecnologia de ponta.

E lhe ocorreu, não pela primeira vez, que os irlandeses eram excelentes em encontrar os pontos fracos das pessoas.

– Deve existir alguma outra maneira de trazer recursos pelo ar? – Saoirse perguntou, e ambas as irmãs fixaram os olhos verdes em Tony.

– Uau – ele comentou. – Que pressão! Olhos irlandeses não sorriem tanto quanto raios letais.

– Vamos lá, lata – disse Liz, dando uma batida no capacete dele, para diversão dos órfãos. – Tem alguém aí dentro? Você deve ter algum brinquedinho largado por aí.

– Brinquedos... – Tony repetiu, e ao mero som da palavra foi transportado para o passado, para o escritório do pai. Para aquela tarde há tantos anos quando Annabel, a secretária, se irritara tanto com ele por ter levado a filha dela, Cissy – não, *Cecília* – para ver os golfinhos.

Dentro do capacete, Tony fechou os olhos e recordou-se do passeio pela praia. Ele sentia o vento cálido do Pacífico; ouvia os gritos que fluíam da roda-gigante ao longe.

Meus cabelos. Meu deus, eram magníficos.

Então, Howard Stark apareceu num flashback, e Tony sentiu o estômago se contorcer.

Por que você nunca me ouvia, pai?

Tony Stark era inteligente o bastante para saber que se empenhara tanto em dar seguimento ao programa de armamento das Indústrias Stark por causa das mortes dos pais e da promessa que o pai arrancara dele.

– Prometo, pai – ele dissera. – Nada de brinquedos; apenas armas.

E bem naquele instante Tony deixara de ser criança.

Passado o tempo, Tony estava mais certo do que nunca de que deveria agir com mais empenho para simplesmente livrar o mundo das armas criadas pelas Indústrias Stark; deveria continuar uma força ativa em prol da paz.

Não basta
Preencher o hiato.
Mas suba o monte
Para ganhar seu espírito.

E com essa determinação mais intensa do que nunca, Tony Stark se sentiu um pouco mais leve, um peso retirado dos seus ombros.

Abriu os olhos e viu que as irmãs Tory o perfuravam com os olhos de esmeralda. Todos os órfãos o fitavam com algum interesse, como se ele fosse um robô espacial, exceto Ahmed, que tentava endireitar o cano da AK.

– E aí, chefe? – perguntou a projeção cabeçuda de Saoirse. – Tem alguma coisa que possa trazer remédios para cá sem alertar Serge?

Tony piscou um comando e ergueu a viseira do Homem de Ferro. Quase imediatamente foi picado por um mosquito, mas ignorou o fato porque o traje lhe injetaria um anti-histamínico para evitar que inchasse.

Depois de inspirar profundamente o doce ar noturno, disse:

– Sim, tenho alguma coisa. Na verdade, um enxame de algumas coisas. Minúsculos sugadores. Voarão para cá bem debaixo do nariz de Serge, e ele não desconfiará de nada.

Na parede, a figura de Saoirse assentiu em apreciação.

– Acho que sei onde quer chegar, chefe.

– Eu sei aonde *você* vai. Trinity College, para obter o seu doutorado.

Saoirse gemeu.

– Ah, qual é. Conversamos sobre isso. Aqueles caras estão no século passado. Nem devem reconhecer um *pentaquark* mesmo se os mordesse no nariz.

– Ainda assim, só emprego pessoas qualificadas. Portanto, se quer trabalhar para mim, é melhor mergulhar nos livros.

No rosto de Saoirse surgiu uma série de expressões, nas quais parecia tentar encher um balão invisível. No fim, acabou se resignando à aceitação rancorosa, cuja imagem se assemelha bem a uma constipação de longo prazo.

– Tudo bem, chefe – concordou ela. – Faço o doutorado. Dois, no máximo. Não levará mais do que um ano.

– O tempo de Liz voltar para casa – disse Tony. – Portanto, dupla celebração.

Liz, diante da menção do seu nome, interveio na conversa.

– Uma cena muito linda, vocês dois se dando bem e tal, mas estávamos falando de um sistema de entrega. Lembram?

– Claro – disse Tony. – Estou com vontade de ajudar vocês, até mesmo Ahmed, o rápido no gatilho.

– Qual é o sistema? Como funciona?

– Eu os chamo de TOTS. Insectoides minúsculos que conseguem enganar qualquer tipo de vigilância. Descartáveis e também biodegradáveis. Depois que descarregam a carga, eles viram brinquedos para as crianças. Ninguém nunca usará esses bebês como armamento.

Liz franziu a testa.

– Estamos falando de drones? Mas drones *são* armas.

– *Costumavam* ser armas – disse Tony, feliz só de pronunciar essas palavras. Para acompanhar o coração leve, ele lançou um sorriso mais luminoso e mais genuíno do que os milhares que lançava para a mídia mundial. – Mas agora são brinquedos.

E, com a certeza de que não poderia melhorar sua declaração de partida, Tony Stark fechou a viseira, ligou o modo voar e disparou como uma estrela cadente reversa pelo céu africano.

Como presente de despedida, Tony largou uma câmera em forma de cápsula no jardim, e o rosto de Saoirse ficou na parede ao lado do mural para que as irmãs conversassem até ele conseguir mandar um telefone via satélite para Liz no primeiro carregamento de TOT. O rosto de Saoirse ainda continuava com aquela expressão não muito atraente de constipação duradoura, e Tony riu ao se afastar dali voando.